書下ろし

お江戸新宿復活控

吉田雄亮

祥伝社文庫

目次

伝馬町
四ツ谷御門
江戸城

『お江戸新宿復活控』の舞台

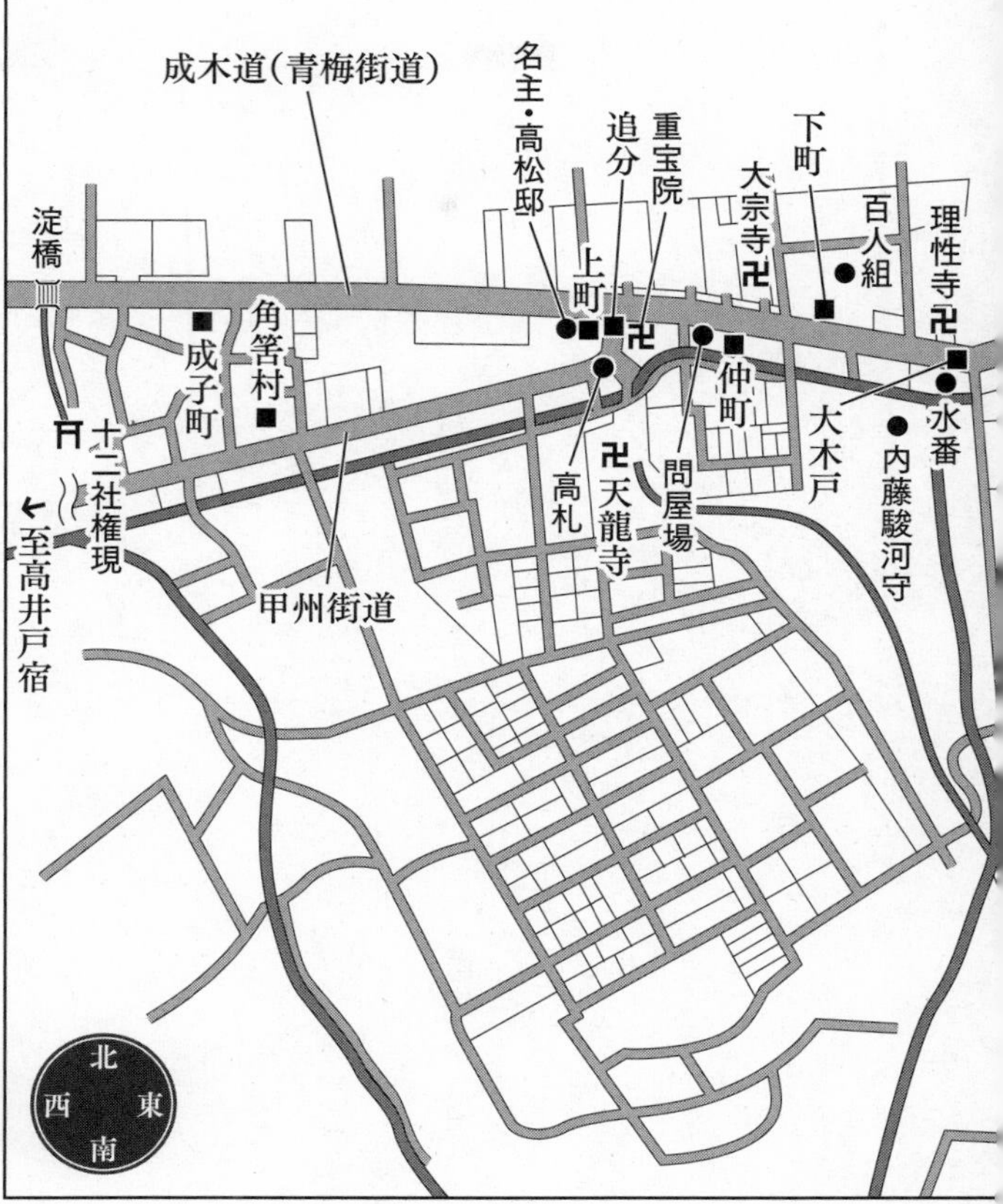

地図作成／三潮社

第一章　宿場の再興

一

内藤新宿《ないとうしんじゆく》の名主高松家《たかまつけ》五代《ごだい》喜六《きろく》は、上町《かみちよう》追分《おいわけ》の三叉路《さんさろ》の左右を見通すことができる、重宝院《ちようほういん》の塀が切れたところに立っていた。

左へ曲がると甲州街道《こうしゆうかいどう》、右へ行くと成木道《なりきみち》（現在の青梅《おうめ》街道）へ通じている。

甲州街道には、内藤新宿から信州下諏訪《しんしゆうしもすわ》まで四十五の宿場があった。

成木道は、武蔵野《むさしの》や多摩《たま》一帯へ延びている。

ふたつの街道を通って、内藤新宿へ各地の物産を運んでくる馬は日々四千疋《びき》。

それらの馬を牽《ひ》いてくる人は一千人の多きに達していた。

江戸へ稼ぎにやってくる人馬を、喜六は身じろぎもせず見つめている。

目をしばたたかせた喜六は、ゆっくりと目を閉じた。

元禄《げんろく》十一年（一六九八）に開設された内藤新宿は、享保《きょうほう》三年（一七一八）十月に廃絶されていた。今から五十四年前の話である。

甲州街道は旅人の数が少なく、必要不可欠な宿場とは思えない。よって廃絶する、というのが公儀から下達された、

〈内藤新宿の儀、宿場相止め候《そうろう》御書附《おかきつけ》〉

に記された理由である。

旅人の数はともかく、甲州街道を参勤交代で利用する大名家は信州高遠《たかとお》藩内藤家、飯田《いいだ》藩の堀《ほり》家、高島《たかしま》藩の諏訪《すわ》家など数藩だった。東海道《とうかいどう》を使って参勤交代する大名の数と比べるとはるかに少ない。

が、町人たちは、

「公儀が発した宿場相止めの理由は、あくまでも表向きのこと。ほんとうの原因はふたつある」

と噂《うわさ》しあっていた。

内藤新宿には、旅籠屋《はたごや》が抱える、

〈足洗い女〉

と呼ばれる飯盛女《めしもりおんな》がいた。

その足洗い女の手口が、摑《つか》んだ客の手を引くふりをして、自分の乳房に引き寄せ触らせるなど、あまりにも淫《みだ》らすぎて目に余ったため、というのが理由のひとつ。

もうひとつは、旗本内藤新左衛門《しんざえもん》の弟大八《だいはち》が内藤新宿で遊んでいたとき、旅籠屋信濃《しなの》屋《や》の下男と喧嘩沙汰《けんかざた》になり、こっぴどく痛めつけられた。

息も絶え絶えに屋敷に逃げ帰った、大八の醜態《しゅうたい》を目の当《ま》たりにした新左衛門は怒り狂った。

「武士の面目にもかかわること、恥を知れ」

と大八に切腹を迫り、首斬り浅右衛門《あさえもん》こと山田《やまだ》浅右衛門に首を斬り落とさせた。

その首を、新左衛門は道中奉行《ぶぎょう》を兼ねる大目付松平乗宗《おおめつけまつだいらのりむね》のもとに持ち込んだ。

驚く松平に事の経緯を告げた後、新左衛門は、

「家禄を幕府に返上するので、内藤新宿を取り潰《つぶ》してほしい」

と懇願《こんがん》した。

その結果、内藤新宿は廃絶された、というのだ。

喜六の脳裏に、耳に胼胝《たこ》ができるほど高松家三代目平六から聞かされた、宿場として栄えていた頃の、内藤新宿の光景が浮かんでくる。

連なる馬宿の向こうに、多くの旅籠屋が建ちならんでいた。

馬宿の軒先には、多数の馬がつながれている。

その手前に、旅人の手を取って、自分が抱えられている旅籠屋に連れ込もうとする足洗い女たちの姿があった。

競う足洗い女たちの嬌声《きょうせい》が聞こえたような気がして、喜六は大きく目を見開いた。

女たちの姿はない。

そこには、四谷大木戸《よつやおおきど》へ向かってすすむ、人馬の群れだけがつづいていた。

（すべて幻か）

胸中でつぶやいて、再び人馬に目を注いだ。

五代喜六は高松家の親戚、吉田嘉市《よしだかいち》の子で、明和《めいわ》七年（一七七〇）九月に没した四代喜六の後を継いで、名主となった。

点茶を嗜《たしな》み、雅号を古渓《こけい》と称して風流を好んだ四代喜六と違って、五代喜六は三代平六の遺志を継ぎ、宿場再開のために動きつづけた。

その執念が実って、半月後の明和九年（一七七二）四月十二日には、高札を通じて内藤新宿の再興が江戸の町に触れられ、十四日から宿駅業務が再開される。かつて内藤新宿は甲州街道、成木道沿いの産物が集まり取引される一大拠点であった。

いま喜六は、内藤新宿再興のために費やした日々を思い起こしている。

廃宿から五年後の享保八年（一七二三）八月、三代目高松平六ほか三名が、宿場の再開を道中奉行に願い出た。

願書には、廃宿によって、旅人相手に暮らしのたつきを得ていた旅籠屋や茶屋、人足らをはじめとする内藤新宿の住人たちは貧窮している。お慈悲《じひ》をもって、宿場の業務を再開させてほしい。伝馬町《てんまちょう》や高井戸宿《たかいどしゅく》の宿駅業務が軽減され、すべてが円滑に運ぶようになると記してあった。

江戸市中の公用荷物を扱う伝馬町は、東海道品川宿《しながわしゅく》、中山道板橋宿《なかせんどういたばししゅく》、奥州《おうしゅう》

（日光《にっこう》）道千住宿《どうせんじゅしゅく》に比べ、二倍の距離を運送していた。

高井戸宿もまた第二駅の府中宿《ふちゅうしゅく》からの荷物を伝馬町まで運んでいる。

労力の面では、伝馬町と高井戸宿は二倍以上の負担を強いられていた。

金五千六百両を上納するとの条件で開設を許された内藤新宿には、廃駅された時点で千百両の未納分が残っていた。

二代喜六たちは新たに千百両の冥加金《みょうがきん》を上納することも申し出た。

にもかかわらず、二代喜六たちの内藤新宿を再開したいとの願いは認められなかった。

しかし、二代喜六は諦めなかった。

あらゆる伝手《つて》をたどって、道中奉行配下や代官所手先などとかかわりを持ち、内藤新宿再開へ向けて働きかけた。

が、二代喜六は内藤新宿再開を果たすことなく、この世を去った。

二代喜六の意志は、三代平六に引き継がれた。

内藤新宿再開のため、平六は、さらなる伝手《つて》を求めて動きつづけた。

享保二十年（一七三五）、平六たちの動きを知った思いがけない人物が、内藤新宿を再開すべく動き始める。

その人物こそ、江戸南町奉行大岡越前守忠相《おおおかえちぜんのかみただすけ》であった。

大岡は、南町奉行のほかに、地方御用掛も拝命していた。

地方御用掛の主な任務は新田開発である。大岡は武蔵野新田の開発をすすめていた。

二代目喜六が願い出た宿場再開が頓挫して、すでに十二年の歳月が流れている。

大岡は南町奉行所に伝馬町の町役人を呼び出し、

「宿場を再開すれば、伝馬町の負担も減るのではないか。内藤新宿を訪ね、再開願を出す意志があるかどうかたしかめてきてくれ」

と内々に依頼した。

伝馬町の町役人は、内藤新宿の名主高松平六を訪ね、大岡の意向をつたえた。

内藤新宿再開を望む平六は、土地の年寄、地主たちに諮《はか》った上で返答する、とこたえた。

正式に願い出るとなると公儀役人に働きかけるための裏金など諸々の掛かりが必要になる。突然の話なので金の手当がつかない、という意見が出て、内藤新宿のなかでまとまらなかった。

大岡の意をくんだ伝馬町は単独で、南町奉行所へ宿場再開願を提出した。支配違いの大岡は、街道行政を取り仕切る、勘定奉行ならびに道中奉行、代官書へその願書を示し、話を通した。

内藤新宿には宿場を再開する意志がないのではないか、との噂を耳にした角筈《つのはず》村は密かに宿場新設を願い出た。

が、これらの動きは大岡が南町奉行の職を解かれ、寺社奉行に任じられたことで頓挫する。

が、喜六らによる内藤新宿再開への動きが止まることはなかった。

角筈村の宿場新設への動きも、前にも増して激しくなっていく。

延享《えんきょう》三年（一七四六）、角筈村は幕府に宿場新設の願書を提出した。

翌年の延享四年（一七四七）、代官所は伝馬町の町役人を呼び出し、

「角筈村に宿場を新設した場合、伝馬町には何の支障もないか」

と問いただした。

「宿場が角筈村に代わっても、何の支障もない」

と伝馬町の町役人は返答している。

が、幕府は、

〈角筈村には十二所権現《じゆうにしよごんげん》近くに建ちならぶ多数の茶屋がある。それらの見世に出入りする芸者、仲居たちが淫らな行為に及んでいるという風聞が聞こえてくる。風紀上、おおいに問題がある〉

と判じて、宿場新設の願いを却下した。

宝暦《ほうれき》から明和へと年号が代わっても、宿場再開を望む五代喜六たち同様、角筈村も宿場新設のための裏工作をつづけていた。

両村の争いに終止符を打ったのは、意外な人物だった。

狂歌師平秩東作《へずつとうさく》としての顔を持つ稲毛屋《いなげや》である。

勘定奉行であり、道中奉行も兼務する安藤弾正《あんどうだんじよう》と、狂歌仲間として親しく付き合っている稲毛屋は、安藤の知恵を借りながら出来うる限りの手立てを尽くし、公儀の役人たちを籠絡《ろうらく》していった。

その工作が功を奏し、内藤新宿の再開が認許されたのだった。

（酔った内藤大八が下男に半殺しにされた一件は、宿場を警衛するための組織が存在していたら、防げたこと）

との思いが、喜六にはある。

（わしがつくろうとしているものを、問屋場《といやば》の問屋役、年寄たちに了解してもらわねばならぬ。今は水面下の揉め事が山積している。そのひとつでも表沙汰になったら、やっと許された立ち返り駅が、再度廃絶される恐れがある。時がない。事を急がねばならぬ）

喜六は、強く奥歯を嚙《か》みしめた。

行き交う人馬から目をそらし、宿場開きの支度をすすめている、中町にある問屋場へ向かって歩を運んだ。

二

問屋場の一室で、喜六は問屋役の嘉吉《かきち》、年寄の飯田忠右衛門《いいだちゅうえもん》と五兵衛《ごへえ》ら宿役人仲間と円座を組んでいた。

中肉中背、丸顔、鼻、口、目などすべてが小作りの喜六と違って、小太りの嘉吉はぎょろ目で大きく広がった鼻、分厚く大きな唇に四角い輪郭という、一目見たら忘れられない、特徴のある容貌の持ち主だった。背が低く瘦《や》せ形で狐目の忠右衛門は、いかにも抜け目のない顔つきをしている。五兵衛は濃くて太い眉、穏やかな眼差《まなざ》しの、中背で恰幅《かっぷく》のいい男だった。

　四人とも、齢は四十から四十半ば。いずれも地主でそれぞれ数軒の建屋を所有し、店賃《たなちん》を得ている。さらに嘉吉と忠右衛門は田畑を所有し、小作人に貸していた。五兵衛は持っている田畑で、米や青物を自作している。ほかに嘉吉は煮売り屋を、忠右衛門は熊野《くまの》神社近くで茶屋をやっていた。

　内藤新宿を開設するときに、浅草阿部川町《あさくさあべかわちょう》の名主だった高松喜兵衛《きへえ》は、

「共に、内藤新宿を宿場として発展させよう」

　と浅草の商人たちに声をかけた。

　嘉吉ら三人は、その呼びかけに賛同して、内藤新宿へ引っ越してきた商人たちの直流であった。

　数ヶ月前、御上から、

〈内藤新宿を再開することを認許してもよい〉

　との内々の通達が下された。そのときに喜六が提案した、内藤新宿独自の警衛組織〈再起衆〉の扱いについて、いまだに話し合いがつづいている。

　再起衆を組織することは、すでに全員の賛意を得ていた。

　問屋場に再起衆の詰所を置くことも、どの部屋を使うかという点をのぞいて決

まっている。

問題になっているのは、再起衆の給金について、どうするかということであった。

嘉吉が、

「宿場が廃絶させられた時点での旅籠屋の数は五十二軒。再開にあたって建てられた旅籠屋は二十三軒。半分以下になっている。宿場を運営するための掛かりは、旅籠屋や茶屋などから取り立てる役銭によってまかなわれる。旅籠屋の数が減ったことで入ってくる役銭の金高が大幅に減っている。宿場の運営賃にも満たない。当分の間、我々四人のほか、内藤新宿に金を注ぎ込んで支援してくれる江戸府内の分限者《ぶげんしゃ》六人、合わせて十人の請負衆《うけおいしゅう》が私財を持ち出すしかない有様だ。再起衆の給金を捻出することはむずかしい」

と言い張り、年寄ふたりも、

「万が一、内藤大八と旅籠屋の下男が起こしたような不祥事が発生すれば、再度内藤新宿は廃絶されるかもしれない。再起衆が必要なことはわかっている。どうしたものか」

と煮え切らないまま、話は進展していなかった。

その場には、気まずい沈黙が流れている。

目をそらしたまま黙り込んでいる三人を横目で見ながら、喜六は内藤新宿を開設した高松喜兵衛、のちの初代喜六に思いを馳《は》せていた。

浅草の名主であった高松喜兵衛は、江戸中の荷物が集まる伝馬町から甲州街道の第一宿、高井戸宿までの隔たりが、四里（約十五・七キロメートル）強あることに目をつけた。

東海道など五街道の、隣り合う宿場との隔たりは二里（約七・九キロメートル）ほどだった。

内藤新宿は、伝馬町から二里余のところに位置している。

（内藤新宿を甲州街道の第一宿に定めてほしい、と公儀に願い出れば、許しが出るはずだ）

そう考えた喜兵衛は、嘉吉の先祖ら浅草の商人に声をかけ、宿場開設に向けて動き出し、新たな宿場、内藤新宿を開いたのだった。

（その子孫たちが、内藤新宿を再開するために動いている）

そう思ったとき、喜六のなかで弾けるものがあった。

（宿場廃絶につながるような事態は、極力避けねばならぬ。再起衆は必要不可欠な組織だ。そのためには身銭を切っても惜しくない）

腹を決めた喜六は、嘉吉たちを見渡して告げた。

「宿場のあらゆる揉め事を落着し、安堵《あんど》するのも宿役人の務め。そのためには宿場を警衛する再起衆は、欠かしてはならぬ組織だ。すでに人選は終えている。以前、そのこともつたえてある」

不満げに喜六を見やって、嘉吉が口を開いた。

「何でもひとりですすめたがるのが、喜六さんの悪い癖《くせ》だ。いま揉《も》め事の種になっている稲毛屋金右衛門《きんえもん》についても、私たちに何の相談もなくすすめた。巨額の元手がいる街道の補修の仕切りを、なぜ稲毛屋にまかせたのだ。忠右衛門さん、五兵衛さんも同じ思いでいるんだよ」

無言でふたりがうなずいた。

「道はぬかるんでいて、荷を運ぶ馬が足をとられるほどだった。街道を補修しなければ宿場再開の許しは出ない。そう判じたとき稲毛屋が『宿場が再開されれば工賃は取り戻せる。私が走り回って、街道の補修賃をつくりましょう』と言ってくれた。だからまかせたのだ」

渋面《じゆうめん》をつくって嘉吉が言った。

「私らに相談もなかった」

見据えて喜六が問いかけた。

「相談したら、街道をととのえる金を出してくれたのかい」

「宿場の再開が決まっていたら、出したさ」

目をそらして、嘉吉がこたえた。

「お二方はどうだね」

問いを重ねた喜六に、

「それは」

曖昧にこたえて忠右衛門が、五兵衛を見やった。

「まだ再開できるかどうかわからなかったときだからね。私は出さない」

きっぱりと五兵衛がこたえた。

三人に視線を流して、喜六が口を開いた。

「稲毛屋は、狂歌師として平秩東作という名を持っている。江戸有数の狂歌師で、大名や旗本の屋敷にも出入りしている。道中奉行の安藤さまとも深い付き合いがある。安藤さまが稲毛屋に『街道を補修すれば、幕府のお偉方を口説き落とす』と約束してくださったから始めたことだ」

皮肉に薄ら笑って、嘉吉が言った。

「その話、稲毛屋が言っているだけだろう。ほんとうにあったことなのかね」

鋭く見つめて、喜六が応じた。

「私は稲毛屋を信じている。おそらく稲毛屋は、あちこちで借金して補修賃をつくり出したのだろう。稲毛屋は質のいい甲州煙草《たばこ》を商って繁盛《はんじょう》している。ほかに馬宿もやっているが、煙草屋と馬宿の儲《もう》けだけでは、逆さになっても返せないほどの借金を背負った。街道を補修すれば、必ず宿場を再開できると確信したからこそ、借金しまくったのだ」

苦い口調で嘉吉がこたえた。

「入り銭、出銭の件はどうなのだ。内藤新宿へ出入りする人馬から入り銭、出銭を取りたい旨を記した願書を御上に届け出ている。その返答がないうちに入り銭、出銭を取り立てられては困るのだ。実態を調べたいのだが、事を表沙汰にして、認許された宿場再開を取り消されでもしたら大変なことになると思って様子を見ている。入り銭、出銭を取り立てているのは、稲毛屋の手の者だという噂がある」

「あくまでも噂だ。稲毛屋が取り立てているという証《あかし》でもあるのか」

咎《とが》めるような喜六の物言いだった。

三人が意味ありげに顔を見合わせる。

その様子から、

（取り立てているのは稲毛屋に違いない）

と判じているのが見てとれた。

喜六が嘉吉たちを順番に見据えた。

「おまえさんたちの考えはよくわかった。稲毛屋のことはともかく、再起衆の面倒は私がみる。問屋場に再起衆の詰所を一部屋用意してくれ」

「わかった。用意させよう。いいね、嘉吉さん」

わきから五兵衛が声を上げ、嘉吉に念を押した。

嘉吉が応じる。

「今日のうちに手配しておく」

厳しい口調で喜六が告げた。

「明日、詰所が用意されているかどうか、たしかめにくる。それと、稲毛屋が立て替えてくれたのは、街道の補修賃だけじゃない。御上に対しての裏金も、ほとんど立て替えてくれた。そのことを忘れないでくれ」

苦虫を嚙み潰したような顔つきで、嘉吉たちが顔を見合わせる。

そんな三人を、喜六は冷ややかに見据えた。

三

問屋場から喜六が引き揚げた後、嘉吉が忠右衛門と五兵衛に話しかけた。

「どう思う。宿場を開いたとしても、御上からなんやかんやといいちゃもんをつけられて、結局は廃絶に追い込まれるんじゃないか」

五兵衛が応じた。

「そんな無慈悲《むじひ》なことはなさらないだろうよ。二度めはない。私は、そう思うがね」

わきから忠右衛門が声を上げた。

「ないとは言い切れない。御上は、その場しのぎの政《まつりごと》を繰り返している。享保十九年までは旅籠屋一軒につき、ふたりしか置くことが許されなかった足洗い女が、品川宿で五百人、板橋宿や千住宿《せんじゆしゆく》で百五十人置くことが認められた。なぜそうなったか。世間では、街道を補修する金を御上で調達しきれなくなったからだ、ともっぱらの噂だ。これから先、何が起きるかわからない」

五兵衛が応じた。

「だからこそ、廃絶されることはないと思うんだ。御上は街道の補修を宿場に丸投げする気でいる。おれは、宿場再開を認許する前に、道の補修をやらせたのは内藤新宿の本気度を見極めるためだった、と見立てている」

口をはさんで嘉吉が言った。

「初代から、代々言い伝えられたことがある。喜兵衛の誘いに乗って、内藤新宿にきたのがしくじりだった。浅草で店を構え、商いをして蓄えた身代の半分近くも失ってしまった。わしは喜兵衛を恨んでいる。喜兵衛の一族から儲け話を持ちかけられても乗ってはいけない。金を出させるときには足繁く通ってきたが、損をかけたときには詫《わ》びのひとつも言わなかった。とんでもない奴だ、とね」

「うちにも同じようなことばが伝わっている。高松の初代のことを恨《うら》んでいたよ。五兵衛さんのところも似たようなもんだろう」

同調した忠右衛門に、五兵衛が告げた。

「そんな話、うちでは聞いたこともない。みんなが損したんだ。誰も恨むことじゃない、と聞いている」

不満げな顔をして、ふたりが顔を見合わせた。

嘉吉が口を開いた。

「誘いをかけても、内藤新宿に旅籠屋を出そうという分限者が現れないのは、いつ廃宿されるかわからないと考えているからだ。とにかくおれは、廃絶されることはない、との見極めがつくまで、お宝は出さないと決めている」

「おれもそうだ」

同調した忠右衛門が、横目で五兵衛を見やった。

無言のまま、五兵衛はそっぽを向いている。

四

旗本三百石、小普請組《こぶしんぐみ》組下、織田長右衛門《おだちょうえもん》の屋敷は市谷田町《いちがやたまち》にある。

奥の一間の上座に長右衛門、斜め脇に嫡男信太郎《しんたろう》、向かい合って次男長二郎《ちょうじろう》が座っていた。

細身で細面《ほそおもて》、切れ長で涼しげな奥二重《おくぶたえ》の目、鼻筋の通った長二郎は一見優男《やさおとこ》に見える。

緊張した面持ちで唇を真一文字に結んでいる長二郎を、険《けわ》しい眼差しで長右衛門が見据えていた。

その場には、重苦しい空気が立ちこめている。

「もう一度言う。我が家は戦国の世に名をはせ、天下を取る一歩手前で謀反《むほん》人明智光秀《あけちみつひで》の奇襲にあい、本能寺《ほんのうじ》で自刃《じじん》された織田信長《のぶなが》公の傍系ぞ。親類筋には大名家や高家《こうけ》、大身旗本など十一家が存している」

ことばを切り、ふっ、と自嘲気味の笑みを浮かべてつづけた。

「悔《くや》しいことに当家は家禄三百石。織田家の末裔《まつえい》のなかでは、もっとも低い禄高だ。が、天下人《てんかびと》として世に君臨したかもしれぬ信長公の血筋であることは、揺るぎない事実。長二郎、そのことを決して忘れてはならぬぞ」

「片時も忘れたことはありませぬ」

こたえた長二郎から信太郎に視線を流して、長右衛門がさらにことばを重ねた。

「御先祖信長公にあやかるようにと、信の一字を嫡男の信太郎に、長を次男の長二郎にいただいて、兄弟力を合わせて我が家に隆盛をもたらしてくれるようにと願っておったが、しょせん叶わぬ夢か」

無言で控える長二郎を見据えて、長右衛門は声を高めた。

「世話になっている名主から誘われたとはいえ、なにゆえ再開する宿場、内藤新宿を警衛する仕事を引き受けたのだ。身分卑しき町人に雇われるのだぞ。武士の矜持《きょうじ》は捨て去ったか」

黙したまま、長二郎が奥歯を嚙む。

長右衛門はさらに声を荒らげた。

「一刀《いっとう》流皆伝の腕を持ちながら、町人のしもべに成り下がるとは何事だ。御先祖様に申し訳ない。わしは、おまえを育てそこなった」

わきから信太郎が口をはさんだ。

「父上。長二郎も好き好んで警衛の仕事を引き受けたわけではありませぬ。次男坊の冷《ひ》や飯食いの身。他家から養子の声がかかるのを待っているより、自らを生かす道を求めて決めたこと。こころよく送り出してくださいませ」

目を向けて長二郎が声を上げた。

「兄上。ありがたい」

無言で長右衛門は、信太郎と長二郎を睨《にら》みつける。

突然、長二郎が畳に両手を突いた。

「父上、偉大なる御先祖様の名を傷つけるようなことは、決していたしませぬ。長二郎の我が儘《まま》、お許しくださいませ」

深々と頭を下げた。

見つめる長右衛門の、膝《ひざ》の上に置いた拳《こぶし》が小刻みに震えている。

父子が話し合う部屋の前の廊下に、長二郎の母、昌江《まさえ》の姿があった。

柱のそばに座って、聞き耳をたてている。

「長二郎」

思わずつぶやいて、そっと目頭を押さえた。

五

数年前、宿場を再開するために動いていた喜六は、勘定奉行配下の、街道を掌《つかさど》る実務に携わる勘定方に通いつめていた。

そんな喜六の熱意に感じ入って、よく話を聞いてくれたのが勘定組頭の江坂孫《えさかまご》三郎《ざぶろう》だった。

一年前、すでに親しくなっていた江坂に喜六が、

「六歳になった長男の義松《よしまつ》に、学問と剣術を指南してくれる旗本の子弟がいたら、仲立ちしていただけないでしょうか」

と頼んだ。

怪訝《けげん》そうな顔をして、江坂が訊《き》いてきた。

「名主や庄屋の次男坊、三男坊が代官所の手代になるために武士の子弟と同じように学問や剣術を身につける例は多々ある。しかし、義松は嫡男。名主を継ぐことが決まっている身だ。旗本の子弟を雇い、相対で剣術や学問の修行を積ませなくとも、町場の学問塾や道場に通わせれば十分ではないのか」

「嫡男だからこそ、剣術と学問を十二分に身につけさせたいのでございます」

「深いわけがあるようだな」

問いを重ねてきた江坂に、喜六がこたえた。

「城下町の宿場なら、不祥事が起きたときには藩の町奉行が、直ちに出役《しゅつえき》してくれます。が、内藤新宿では、そうはいきません。事件が起きたら、宿役人が動

かざるをえません。殺し、押し込みなどの凶悪事件でも、代官所、道中奉行配下の出役があるまでは、宿役人が事にあたるしかありません」

「剣術は身を守るために身につけておかねばならぬ。学問もまた、御大名など高貴な方々の相手をするときには必要、ということか」

「左様でございます。江戸府内は四谷大木戸まで。内藤新宿は江戸ではございませぬ。江戸所払いの罪を下された咎人《とがびと》の数割は、内藤新宿近くに住み着きます。宿場の治安を守るため、宿役人はかなりの業前《わざまえ》になるまで、武術の修行を積むべきだと考えております」

「わかった。心当たりがある。引き受けてくれるかどうか訊いてみよう」

「お願いいたします」

深々と喜六が頭を下げた。

数日後、その日非番だった江坂が、養心館《ようしんかん》道場の弟弟子を連れて喜六の屋敷へやってきた。

細身で、優しげな眼差しの若者を、一目見ただけで喜六は気に入った。

「織田長二郎君だ。次男坊で養心館道場の竜虎の竜と評される一刀流皆伝の腕前の持ち主。学問所でも優れた成績をおさめている。義松の指南役としては格好の人物だ。それと」

ことばを切った江坂が、ちらり、と長二郎を見やって、笑みをたたえてことばを継いだ。

「何といっても血筋がいい。戦国の英雄ともいうべき織田信長公の傍系でもある」

「織田信長公の血脈をついでおられるのですか」

驚きの声を上げて見やった喜六を、照れたように見つめ返した長二郎の眼差しは、一点の曇りもなく涼やかだった。

その日のことを、喜六はいまも鮮明に憶《おぼ》えている。

義松にたいする指南ぶりも、喜六の思ったとおりのものだった。

なによりも義松が長二郎を兄のように慕っている。義松の、十歳年上の姉、お咲《さき》も親しげに振る舞っていた。お咲は時々、喜六がはらはらするような遠慮のない物言いをしているが、そんなときも、長二郎は気分を害した様子もみせずに接している。

そんな長二郎に、喜六は惚れ込んでいった。

宿場再開の下達があったとき、再起衆の結成を思い立った喜六が、相談相手として選んだのが長二郎だった。

「内藤新宿独自の警衛組織、手前は再起衆と名付けるつもりでございますが、その再起衆の頭《かしら》になっていただけないでしょうか」

問いかけた喜六に、

「少し考えさせてください」

と長二郎はこたえたのだった。

が、翌日、義松を指南する日ではなかったのに屋敷にやってきて、

「再起衆の仕事、やらせてもらいます。組織には、少なくとも五人の手練《てだ》れが必要でしょう。どうしましょうか」

と訊いてきた。

「再起衆の頭は、織田さんです。配下の方々を集めてくださいませんか」

「承知しました。誰を選ぶか、私にまかせてくれますか」

「おまかせいたします」

躊躇《ちゆうちよ》することなく喜六は、そうこたえていた。

そしていま、喜六は内藤新宿下町にある名主屋敷の一室で、喜六と長二郎、戸《と》張俊三《ばりしゅんぞう》、大塚佐市《おおつかさいち》、中川理介《なかがわりすけ》、松村半助《まつむらはんすけ》、後藤順兵《ごとうじゅんぺい》と初めて顔を合わせている。

皆、養心館道場の同門だった。

養心館道場の竜が長二郎なら、虎と評されているのが戸張俊三だった。一刀流皆伝の戸張は、長二郎と同年の二十六歳。旗本二百五十石戸張家の三男坊で、剣術と学問のほかに算術も学んでいるという変わり種だった。長身で筋骨隆々とした体格。太く濃い眉とぎょろりとした大きな目に特徴があった。

二百五十石の旗本大塚家の三男、二十四歳の大塚佐市は一刀流目録の腕前だった。目、鼻、口すべて小作りで、目立たない顔つき。中背で筋骨たくましい。鷲鼻《わしばな》で剣呑な目つきの中川理介は二十五歳。旗本二百石中川家の次男坊。一刀流目録の業前だが、負けず嫌いで戦国時代の荒武者の気風を彷彿《ほうふつ》とさせる、頑固で直情径行な性格の持主だった。

二百石松村家の三男、松村半助は二十三歳。目録の腕前。細い目、分厚い唇、四角い顔、いかつい躰《からだ》つきで一見強面《こわもて》だが、細かい気配りをする好人物で、同門の者たちから慕われている。

一番年下の後藤順兵は二十歳、二百二十石後藤家の次男。免許皆伝の腕前で、竜虎の長二郎、戸張にも劣らぬ業前。師の高垣一真《たかがきいっしん》からは、剣の天才、と評されている、色白で童顔、いつも笑顔を絶やさない人懐っこい若者で、長二郎たちからは〈順兵〉と呼ばれて、かわいがられている。

長二郎から再起衆の面々を紹介された後、喜六が告げた。

「再起衆の役目は、織田さんからお聞きになっていることと思います。私からはあえて申しません。困ったことに、まだ宿場開き前なのに、内藤新宿にはさまざまな揉め事が起きております」

御上に、人馬が内藤新宿に出入りするときに入り銭、出銭を取り立てたいと願書を出している段階なのに、何者かがひそかに入り銭、出銭を取り立てていること、取り立てているのは稲毛屋金右衛門だという噂があること、稲毛屋金右衛門は宿場再開の陰の功労者であること、以前に宿場開設の動きをみせていた角筈村が、いまだに内藤新宿に取って代わろうと画策しているふしがあることなどを話した後、念を押すように喜六がつづけた。

「揉め事はすべて、表沙汰にならないような手立てをとって落着してくださいませんか。表沙汰になったときには、再び宿場が廃絶されるかもしれません。そのこと、くれぐれも肝に銘じておいてください」

無言でうなずいたものの、何か釈然としないものを感じて、長二郎たちは思わず顔を見合わせた。

気づかないのか、喜六がさらにことばを重ねた。

「これから問屋場へ向かいましょう。問屋場に再起衆のための詰所を用意いたしました」

緊張した面持ちで、長二郎たちは大きく顎《あご》を引いた。

六

喜六は、長二郎ら再起衆とともに問屋場へやってきた。

用部屋で、嘉吉、忠右衛門、五兵衛が待っていた。

再起衆を引き合わせた後、喜六が嘉吉に言った。

「再起衆の詰所へ案内してくれ」

「すべて五兵衛さんがととのえてくれた。五兵衛さんが案内してくれる」

こたえた嘉吉が五兵衛を見やった。

「行きますか」

喜六たちに声をかけ、五兵衛が立ち上がった。

八畳の座敷の一隅に文机《ふづくえ》が二前《ぜん》置かれ、その上に筆や硯《すずり》を入れた木箱が二個、巻紙二本が載せてあった。

座敷を見渡して、喜六が五兵衛に告げた。

「仕事の合間に一休みすることもあるだろう。茶葉に土瓶《どびん》、人数分の湯飲み、それらを運ぶ丸盆を、今日のうちに揃えてもらいたい」

「すぐ手配しましょう。仕事があるので用部屋へもどります」

「私も用部屋へ行く。内藤新宿で旅籠屋や茶屋を開いてもらいたい、と誘いをかけている江戸の商人《あきんど》や分限者たちの動きがどうなっているか、知りたいからな」

「そのあたりのことは宿役人配下の問屋場定詰《じようづめ》、源左衛門《げんざえもん》に訊けばわかります。なにせ源左衛門は、宿場の実務を担う問屋場詰十七人の頭ですから」

「そうしよう」

「行きましょう」

声をかけてきた五兵衛に、喜六がこたえた。

「再起衆の方々につたえておきたいことがある。後から行く」

「そうですか。用部屋で待っています」

喜六は無言でうなずいた。

顔を長二郎たちに向けた五兵衛が、別れの会釈をする。

黙ったまま、長二郎たちも会釈を返した。

襖《ふすま》を開けて五兵衛が出ていくのを見届け、喜六が長二郎たちに話しかけた。

「再起衆の役目柄、泊まり込むような事態に陥るかもしれません。そのときに備えて、私の屋敷に三部屋、用意しておきます。それぞれのお住まいから内藤新宿へ通うのは大変です。常時泊まり込みたい、と望まれるのなら、それぞれに一部屋ずつ支度しますが、いかがいたしますか」

一同に視線を流して、長二郎が訊いた。

「どうする。部屋を用意してもらうか」

間を置くことなく、戸張がこたえた。

「どう考えても人手が足りない。揉め事が起きたら、瞬時に対応することができる態勢をととのえておくべきだろう。おれは泊まり込む」

「おれもそうする」

「おれも、だ」

「それはいい。兄上に気兼ねしながら暮らさないですむ」

「私も、そうします」

相次いで大塚、中川、松村、後藤がこたえた。

向き直って、長二郎が喜六に告げた。

「私も泊まり込みましょう。早ければ明日にでも、当面の着替えなど必要最小限の身の回りの品を持って引っ越してきます」

「ありがたいことです。今日のうちに、部屋を用意しておきましょう」

笑みをたたえた喜六が、ことばを継いだ。

「私は、ここでお別れさせていただきます。手早く用部屋での用事をすませ、屋敷へもどって部屋の手配にかかります。それと、明日までに再起衆の身の証となる鑑札《かんさつ》をつくっておきましょう」

「お願いします。それでは明日」

微笑《ほほえ》んで長二郎が応じる。

無言で、戸張たちは会釈をした。

喜六が部屋から出て行った後、長二郎たちは詰所として使うことになった座敷の中ほどで車座になった。

一同を見渡して、長二郎が口を開いた。

「喜六さんが言った『表沙汰にならないように揉め事を落着してくださいませんか』とのことばが気になる。どうすれば表沙汰にならないように事をおさめられるか、手立てを考えねばならぬ」

わきから中川が声を上げた。

「死人に口なし、という。敵対する相手が手に余る場合、斬り捨てて事後の揉め事を断ち切るしかないのではないか」

荒武者の気風のある、中川らしい発言だった。

「それしか手立てはないかもしれぬ」

呻《うめ》くように戸張がつぶやく。

年若の後藤が言った。

「修行を積んだ剣を役立てることができる。私はかまいませぬ」

緊迫を漲《みなぎ》らせて、大塚と松村が顎を引く。

皆を見つめて、長二郎が告げた。

「斬り捨てるのは最後の手段だ。斬り捨てねば引き下がらぬような相手は、その前に、必ず我らに戦いを仕掛けてくるはず。降りかかる火の粉は払わねばならぬ。火の粉を降りかけてくる輩、と見極めるまで耐える。そのこと、肝に銘じておこう」

一同が、無言でうなずいた。

七

問屋場から屋敷に帰ってきた喜六は下男頭の幾造《いくぞう》に、住み込むことになった長二郎たち再起衆の部屋や夜具の用意を命じた。

さらに喜六は、下女頭のお竹《たけ》に、再起衆たちが日頃使う飯碗や湯呑み、箸などを買いそろえてくるように指図した。

庭で遊んでいるのか、お咲と義松の声が聞こえてくる。

その声が喜六に、義松を産んで三ヶ月後、産後の肥立ちが悪く病死した女房のお良《よし》のことを思い出させた。

（お良が生きていたら、こんなとき、わしに代わって手配りしてくれただろう）

ふと湧いた思いに、喜六は無意識のうちに苦笑いを浮かべていた。

（好きで死んだわけではない。お良もあの世で、姉弟《きょうだい》のことを心配しているに違いないのだ）

と、胸中でつぶやいていた。

周りの者たちは、喜六に再婚するようにすすめている。

が、喜六には女房を持つ気はさらさらなかった。

跡継ぎには義松がいる。再婚した女房に男の子が生まれたら、名主の座をめぐって義松と争うことになるかもしれない。そのようなことが起きないようにし、高松の家をつなぐのが、自分の役目だ。考えた末に、喜六が出した結論だった。

再起衆にかかわる手配を終えた喜六は、長二郎たちに思いを馳せた。

（いまごろ、織田さんたちはお家の方々に、再起衆の仕事を果たすために名主屋敷に移り住むことを伝えておられるに違いない。何の問題もなく、明日を迎えられればいいが、ひとりでも欠けたら、再起衆の仕事に支障をきたすおそれがある。宿場の再開を間近に控えたいま、しくじりのひとつも許されぬ）

一文字に唇を結んで、喜六は空《くう》を見据えた。

市谷町にある織田家の屋敷の一間は、険悪《けんあく》な空気に包まれていた。

上座にある長右衛門は目を閉じたまま、憮然《ぶぜん》として黙り込んでいる。

その前に頭を下げた長二郎が座っていた。長右衛門の斜め脇に控える信太郎は、黙然とうつむいている。

「明日から内藤新宿の名主、高松喜六の屋敷に引っ越して再起衆の仕事にかかります。当分の間、屋敷には帰れませぬ」

と長二郎が告げた瞬間、長右衛門が、

「わしのことばが耳に入らなかったようだな。話すことはない」

突き放すように言い、黙り込んだ。

取り付く島もない長右衛門の物言いだった。

無言で長二郎は畳に両手を突き、頭を下げた。

そのときから小半時《こはんとき》（三十分）余り過ぎ去っている。

いきなり長右衛門が、苛立たしげに平手で強く自分の膝《ひざ》を叩《たた》いた。

上目使いに見上げた長二郎の目に、立ち上がる長右衛門の姿が映った。

無言で、部屋から出て行く。

うつむいたまま、信太郎は身じろぎもしない。

再び、長二郎は深々と頭を下げた。

縁側に座った戸張は夜空を眺めている。

父や兄に、明日、喜六の屋敷に引っ越し、再起衆の勤めを始めます、と告げたときのことを思い出している。

父と兄は、

「それはよかった。俊三は三男坊。自分で食い扶持《ぶち》をつかんだのは上出来だ。めでたい。一人分、口減らしができた」

と異口同音に言い、次男坊の兄に、

「おまえも早く、食い扶持を見つけろ。冷や飯食いの身、生涯、嫁も持てぬぞ」

と皮肉な口調で発破《はっぱ》を掛けた。

返すことばもなくしょぼくれて、畳に目を落とした次兄に、戸張は目を走らせた。

かけることばが思い浮かばなかった。

しばらく会うこともない次兄に、慰《なぐさ》めのことばひとつかけてやれなかった自分に、いまは腹立たしささえ覚えている。

満天に星が燦《きら》めいていた。

その星々が、自分の門出を祝ってくれているような気がする。

（織田の呼びかけで再起衆にくわわることにした大塚たちも、おれと同じような目にあっているだろう。武士の家では、次男坊以下は冷や飯食いの厄介者《やっかい》だ。少なくともおれは、武士の身分に何の未練もない）

胸中で吐き捨て、挑《いど》む目で星を見つめた。

第二章　人馬の群れ

一

再起衆の面々が、それぞれ風呂敷包みを背負い、両手にも提げて、喜六の屋敷にやってきた。

出迎えた喜六が、長二郎、戸張、大塚、中川、松村、後藤と順番にそれぞれの部屋に案内する。

それぞれの部屋に文机一前が置いてあった。筆、硯、墨がおさめられた木箱に巻紙一本が、文机の上に載せられている。押し入れには夜具一式が入っていた。文机のそばには、湯飲み、急須、茶筒の載った丸盆、座敷の一隅には箪笥《たんす》一棹《さお》が置かれていた。

あてがわれた部屋に風呂敷包みを置いた長二郎たちは、喜六の用部屋に集まった。
喜六の前に長二郎たちが横並びに座っている。
脇に置いてあった袱紗《ふくさ》包みを手に取った喜六は、膝行《しっこう》して長二郎に近寄った。
袱紗包みを開く。
なかには木札が六枚、入っていた。
一番上の木札を手にした喜六が、
「再起衆の身分の証となる鑑札です。身につけておいてください」
と言って、長二郎に差し出した。
受け取った長二郎が、鑑札に目を落とす。
鑑札には、高松家家紋の焼き印が押してあり、
〈織田長二郎　内藤新宿問屋場直属の組織『再起衆』の一員であることを証す
名主高松喜六〉
と、墨痕《ぼっこん》鮮やかに記してあった。
「鑑札、たしかにいただきました」
こたえた長二郎が、懐に鑑札を押し込んだ。

「よろしくお頼み申します」

告げた喜六に、

「心して務めます」

応じて長二郎が頭を下げた。

戸張、大塚、松村、中川、後藤と同じことが繰り返された。

鑑札を渡し終えた喜六が、もとの場所にもどる。

一同を見渡して、喜六が口を開いた。

「さっそく初仕事に取りかかってください」

緊張した面持ちで、長二郎たちが身を乗り出す。

「御上から内々に『手入れ不足で街道が荒れ果てている。そんな街道の有様では、とても宿場の再開などおぼつかない。内藤新宿再開のためには、まずは道をととのえる必要がある。事前に甲州街道、成木道ともに内藤新宿から次の宿場へ向かって二里半、合わせて五里ほど補修するべきだ。補修を終えたところで、内藤新宿宿場再開の審議に入る。自前で街道を補修した熱意を御上は汲んでくれる。やってみるか』と持ちかけられたのです」

「補修する元手は宿役人たちで出し合ったのですか」

問いかけた長二郎に、喜六が渋い顔で応じた。

「元手の八割弱を稲毛屋が集めました。私は蓄えをはたいて二割ちょっと用立てただけです。いま問屋役や年寄を務めている三人は『金は、もう少し先が見えてから出しましょう』と言って動こうとしなかった。が、街道を補修した工賃を取り返したいので、内藤新宿に出入りするときに入り銭、出銭を徴収したい旨を記した御上に出す願書には名を連ねてくれました。が、いまだに御上からその認許は下りておりません」

わきから戸張が口をはさんだ。

「八割弱の元手を工面した稲毛屋が入り銭、出銭を取り立てて、早く元手を回収したいという気持、わからぬでもない。噂どおり稲毛屋が手の者を使ってやっているんじゃないですか」

「私は稲毛屋を信じています。が、稲毛屋が工面した元手のほとんどは借金です。借金取りの厳しい催促に耐えかねて入り銭、出銭の取り立てに走った。そういうこともあるかもしれません。宿場開きが迫っています。誰がやっているか、突き止めて、表沙汰になる前に落着したい。人足たちに訊いてまわれば、どんな連中が取り立てているかすぐにわかるでしょうが、人足たちの口から内藤新宿のなかで揉め事が起きているようだ、との噂が広がるおそれがあります。それだけは避けたいので、人足たちに訊くのはやめてください。くれぐれも内々に、すぐ調べにかかってほしいのです」

　長二郎が声を上げた。

「これから稲毛屋へ出向きましょう。私たちは稲毛屋とは会ったこともない。喜六さんに顔つなぎをしてもらえますか」

「稲毛屋に引き合わせるだけでよろしいんですね」

「話し合いにも同座してください」

「話し合いに？」

　鸚鵡《おうむ》返しをした喜六に、長二郎がこたえた。

「再起衆が、入り銭、出銭を取り立てている者が誰か突き止めるための探索を始める、手を貸してくれ、と稲毛屋に頼んでほしいのです。おそらく稲毛屋は、自分が銭を取り立てている、という噂があることは知っているはず。喜六さんが自分の身の証を立てるために、再起衆を連れてきたと判じたら、稲毛屋はすぐさま探索への助力を約束するはずです」

　戸張が割って入った。

「そうとはかぎらぬぞ。おれたちの動きを探るために助力したふりをすることも考えられる」

顔を向けて長二郎が応じた。

「ふりをしているかどうかは、稲毛屋の動きを見ていれば判断できる。本気で協力している様子が見極められれば、少なくとも稲毛屋は銭を取り立てていないということがわかる。疑わしい者がひとり消えるわけだ。探索の網が狭められる」

「なるほど、そういうことか」

得心したように、戸張が小さくうなずいた。

ふたりの話が終わったのを見届けて、喜六が告げた。

「善は急げ、といいます。稲毛屋へ向かいましょう」

立ち上がった喜六に、長二郎たちがならった。

二

訪ねてきた喜六と長二郎たちを、稲毛屋金右衛門は親しげな笑みを浮かべて、客間に請《しょう》じ入れた。

上座に座るなり、喜六が口を開いた。

「内藤新宿の治安を守るための組織〈再起衆〉を結成した。再起衆の方々を引き合わせるためにやってきたんだ」

喜六の左右に長二郎と戸張、長二郎の左斜めに大塚、中川、戸張の右斜めに松村と後藤が控えている。

値踏みするような目つきで、長二郎から戸張、大塚たちへと視線を這《は》わせて、稲毛屋が応じた。

「稲毛屋金右衛門です。お見知りおきを」

細くて薄い眉、黒目が浮いているように見えるぎょろりとした大きな目、尖《とが》った高い鼻、赤くて薄い大きな唇、四角い顔でがっちりした体躯《たいく》の稲毛屋は、見るからに一癖ありげな人物に感じられた。

まず再起衆の頭として長二郎が名乗り、戸張たちがならった。

一同が名乗った後、稲毛屋が口を開いた。

「江坂さまから聞いたと安藤さまがおっしゃっていた。戦国時代の英雄といわれる織田信長公の傍系に内藤新宿の警固役を務めていただけるそうだ。内藤新宿の再興にあたって幸先がいいような気がする、と喜んでいらっしゃったが、織田さん、あなたがそうなんだね」

「そうです」

応じた長二郎が、稲毛屋をじっと見つめて問いかけた。

「まだ公儀から認許されていないのに、内藤新宿への入り銭、出銭を取り立てている者がいます。公儀の耳に入らぬうちに、誰がやっているか突き止めて処置したい。稲毛屋さんが人を使ってやらせているという噂がありますが」

単刀直入に切り出した長二郎に、唇の一端を吊り上げた嫌みな笑いを浮かべて、稲毛屋が告げた。

「そのとおりだ、と答えたら満足かい」

焦《あせ》った喜六が、あわてて割って入った。

「稲毛屋さん、困るよ。織田さんは、そんなつもりで言ったんじゃない」

顔を向けて、つづけた。

「そうでしょう、織田さん」

訊いてきた喜六に、ちらり、と目を走らせただけで長二郎が、再び稲毛屋に目を注いだ。

稲毛屋も見つめ返す。

次の瞬間、稲毛屋が笑みを浮かべた。

「おもしろい。おれに不意打ちをくらわすような問いかけをしてきたのは、御先祖さまから受け継いだ血のなせる業《わざ》か。奇襲をかけ、今川義元《いまがわよしもと》を討ち取った桶狭間《おけはざま》の戦いのことが頭をよぎったよ」

一同に視線を流して、稲毛屋がことばを継いだ。

「頼みがある。おれを再起衆にくわえてくれ。いまは、しがない煙草屋稼業だが、親父殿は尾張《おわり》の生まれで、享保八年まで四谷にある松平摂津守《せっつのかみ》さま御母堂嶺《れい》松院《しょういん》さまの隠居所でもある下屋敷に、隠居付きの小役人として奉公していた。武士の頃は、立松太郎左衛門道佐《たてまつたろうざえもんみちすけ》と名乗っていた。軽輩だが、いちおう武士の端くれだった。奉公先を退いて、内藤新宿で馬宿〈稲毛屋〉を始めた。おれは二代目になる」

一息ついて、さらにつづけた。

「親父殿の代に武士の身分を捨てたおれが、織田さんたちと同じというわけにはいくまい。隠れ再起衆ということでどうだね」

ちらり、と喜六に視線を走らせた長二郎が再び稲毛屋に目をもどした。

見つめたまま、長二郎はこたえない。

　重苦しい沈黙に陥りかけたとき、喜六が声を上げた。

「再起衆の頭は、織田さんだ。稲毛屋さんの申し出を受け入れるかどうか、織田さん、決めてくれませんか」

　そのことばに微笑んだ長二郎が、稲毛屋に声をかけた。

「私たちは内藤新宿について、くわしく知らない。隠れ再起衆として稲毛屋さんにくわわってもらい、諸々《もろもろ》教えてもらいたい」

　戸張たちを見渡して、長二郎がことばを重ねた。

「みんな、それでいいな」

　一同が無言でうなずく。

　わきから喜六が念を押した。

「織田さん、ほんとにいいんですね」

　声音に不安な思いが籠もっている。

　すかさず稲毛屋が突っ込んだ。

「おやおや名主さんまで、おれを疑っているんですか」

　あわてて喜六が応じた。

「疑うなんて、とんでもない。ただ問屋や年寄たちが、稲毛屋さんが再起衆にくわわったと聞いたら、再起衆も稲毛屋さんに丸め込まれたか、と陰口を叩くだろうと思ったんだ」

「金は出さぬが口は出す。あきれ果てた連中だ」

吐き捨てた稲毛屋が、ことばを重ねた。

「だから隠れ再起衆と言ったんだ。内藤新宿の住人のほとんどが、問屋や年寄たちと同じだ。得させてもらって当たり前。少しでも損させられそうだったら、陰で悪口を言いまくる。そんな住人たちを守らねばならんのだ。大変だぞ」

揶揄《やゆ》するように言い、皮肉な薄ら笑いを浮かべた。

無意識のうちに、長二郎たちは目を見交わす。

眉間《みけん》に皺《しわ》を寄せた喜六が、身を固くして黙り込んだ。

三

「まず、いま内藤新宿がどういう状況にあるか知りたい。その後、入り銭、出銭の探索の段取りを決めましょう」

と長二郎が言い出し、

「知っているかぎりのことを話そう」

と稲毛屋が応じ、残る再起衆の面々もうなずいたのを見届けた喜六が、

「顔合わせはすみました。私は問屋場に顔を出して、宿場再開の支度がどのていどすすんでいるかあらためてきましょう。用がすんだら、屋敷にもどります」

そう告げて立ち上がった。

見送ろうとして、腰を浮かした長二郎たちや稲毛屋に、

「見送りは無用です。合議をつづけてください」

声をかけた喜六が部屋から出て行った。

遠ざかっていく足音が消える。

一同を見渡して、稲毛屋が話し始めた。

「知ってのとおり、内藤新宿は甲州街道と成木道が交わるところに位置している」

成木道は、江戸みち、あふめ道、江戸往還、江戸表より往来道筋、甲州裏道、甲州通り、甲州大菩薩《だいぼさつ》道、などさまざまな名で呼ばれていた。

江戸城普請のため、御用白土、いわゆる石灰を滞りなく運ぶためにつくられた道である。

内藤新宿から中野《なかの》、田無《たなし》、青梅、小曾木《おそき》、成木とつづく道で、田無から青梅までは武蔵野の原野で、人家は一軒もなかった。

高麗《こま》郡上成木村と多摩郡北曾木村には〈白土焼〉の窯主が多く、焼かれた石灰が、広がる原野に通された一本の道を通って、江戸府内へ運ばれた。

角筈村は、成木道の柏木《かしわぎ》成子《なるこ》町《まち》や柏木淀橋町《よどばしまち》と、甲州街道の間に広がっている。淀橋は中野と成子の間にあって、成木道筋では最も賑やかな町であった。

神田上水に架かっている、面影《おもかげ》の橋と呼ばれていた橋の近くにある水車小屋の水車が、山城国淀《やましろのくによど》にある水車の形に似ていることから、淀橋と呼ばれるようになった。

その水車の水音と、近くにある滝の落下音が、熊野神社の西方にある古池の岸辺に聳《そび》える松や杉の古木林に響き渡り、えもいわれぬ趣《おもむき》をつくり出していた。

角筈村の一画に、熊野神社はある。

熊野神社の正式名称は熊野十二所権現だが、俗に十二社《じゅうにそう》といわれていた。江戸市内ではないが、十二社は滝とともに風光明媚《ふうこうめいび》な名所であった。

入り銭、出銭を取り立てているのではないか、との疑惑をもたれている角筈村の村人たちの多くは、商人か職人であった。近隣の村々は、その土地からつくり出される農作物を売って、たつきとしている。が、角筈村の村人たちのほとんどは商いか、手につけた職で生計をたてていた。

そのせいか、旅籠がないだけで、町並みは内藤新宿と酷似していた。古池のまわりに料亭や茶屋が建ちならび、その景色を楽しむために江戸市中から粋人たちが足を運んで遊興している分、廃宿された内藤新宿より賑わっている。

角筈村は、内藤新宿が宿場になる前から、御上に宿場開設を願い出ていた。が、角筈村が宿場として認許されることはなかった。

茶屋女のなかには、客の求めに応じて躰を売るものも多数いた。十二社界隈が殷賑《いんしん》を極めたのも、そんな女たちがいたからだった。

廃絶された内藤新宿が宿場の再開を願い出ていることを知りつつ、角筈村も道中奉行や勘定方に宿場開設のための働きかけをつづけていた。

成木道や、内藤新宿と角筈村のかかわりについて一気に話しつづけた稲毛屋が、長二郎に告げた。

「問屋場の下役たちのなかに、角筈村と気脈を通じている者もいるようだ。それが誰か、いまのところ見当もつかない。が、御上に入り銭、出銭を取り立てたいとの願書を出すまでは、入り銭、出銭を取り立てている者がいるという噂は聞こえてこなかった」

長二郎が訊いた。

「稲毛屋さんは、角筈村の誰かに、御上に入り銭、出銭を取り立てたい旨の願書を出したことをつたえた者がいる。そう推測しているのですね」

「そうだ。角筈村に宿場を開設したいと願い出ているのは、名主の渡辺与兵衛《わたなべよへえ》と太七《たしち》ら三人の村役人だ。名主に宿場新設を持ちかけたのは太七だと聞いている。おれの調べでは、角筈村や内藤新宿を支配する代官船橋安右衛門《ふなはしやすえもん》さまと江戸南北両町奉行さまは、伝馬町と高井戸宿に『角筈村に宿場が新設された場合、伝馬町や高井戸宿では何か支障があるか』と問いただし、支障はないという返答を得ている」

一瞬、戸張らと顔を見合わせ、長二郎が問いかけた。

「伝馬町も高井戸宿も角筈村に宿場を新設しても支障はない。内藤新宿でなくてもかまわない、とこたえたというのですか」

「そのとおりだ。伝馬町や高井戸宿の連中にしてみれば、どちらが宿場になっても損得はない、と考えているのだろう」

「いま内藤新宿で公儀に咎められるような事件が起きたら、角筈村に宿場開設の許しが出る可能性が残されている。そういうことですか」

問いを重ねた長二郎に、稲毛屋がこたえた。

「御上は、十二社にある料亭の仲居や茶屋の女たちが、春をひさいでいることを知っている。内藤新宿が廃絶されたときの理由のひとつが、猥らな行いが目に余る、というものだった。内藤新宿が再び廃絶されたとしても、角筈村に宿場開設の認許が下されることはあるまい。しかし」

「しかし？」

鸚鵡返しをした長二郎に、稲毛屋が応じた。

「角筈村に、そのことに気づく者はおるまい。欲が深い者ほど、物事を、自分に都合よく考えるものだ。それが人の本性だ」

癖なのか、稲毛屋が唇の一端を吊り上げ、皮肉な薄ら笑いを浮かべた。

思わず長二郎は、戸張たちに視線を走らせた。

一同は、苦虫を噛み潰したような顔をしている。

視線を稲毛屋にもどして、長二郎が告げた。

「二手に分かれて、甲州街道と成木道を見廻りましょう。稲毛屋さんは戸張と大塚、松村と成木道を中野まで往復してください。おれと中川、後藤は甲州街道を下高井戸まで行き来します」

一同が、無言で強くうなずいた。

稲毛屋が戸張を見やった。

「お頭の指図にしたがおう。寄り道になるが、おれたちは十二社まで足をのばす。見廻りを終えたら、稲毛屋へもどり、結果を話し合う。それでいいか」

「稲毛屋さんにおまかせします」

こたえた戸張を振り向いて、長二郎が告げた。

「戸張、十二社の賑わいぶり、しかと見届けてきてくれ」

「承知した」

応じた戸張から一同に視線を流し、長二郎が声をかけた。

「出かけよう」

脇に置いた大刀《だいとう》に手をのばした。

四

内藤新宿から、いままで甲州街道の第一宿だった下高井戸宿まで約二里二丁（約八・一キロメートル）の隔たりがある。

厳密にいえば、甲州街道は江戸から甲府《こうふ》までの三十七宿を表街道、甲府から下諏訪までの七宿を裏街道と呼んでいた。

甲州街道は、徳川家康《とくがわいえやす》が江戸入りするにあたり、江戸城陥落のさいの脱出路として使うために造成された。そのため、街道沿いには砦《とりで》代わりに多くの寺院が、その裏手には同心屋敷がつくられている。

また小仏《こぼとけ》と鶴瀬《つるせ》には、関所が設けられていた。

沿道の四谷界隈には伊賀《いが》組、甲賀《こうか》組、根来《ねごろ》組、二十五騎組の四組からなる鉄砲百人組が配置され、いつでも戦いに臨むことができる態勢がととのえられている。

代々木原《よよぎはら》より笹塚《ささづか》への通りを無礼野《むれの》という。瓜《うり》の産地で、甲州街道沿いに田畑が広がっていた。成子（鳴子）瓜と呼ばれ、府中瓜より風味がいいといわれている。

いままで長二郎は内藤新宿のなかの通りしか見ていない。甲州街道を下高井戸宿まで歩いたのは初めてだった。

四谷大木戸まで切れ目なく連なる人馬の群れを、長二郎はいつも驚きの目で眺めていた。が、下高井戸宿へ向かって歩を運びながら、あらためて連なる人馬の群れに驚かされている。

ともに行動している中川も、後藤も、途切れることのない人馬を、驚愕《きょうがく》の目で見つめていた。

袴《はかま》をたくし上げた武士が三人、周囲に鋭い目を注ぎながら歩いてくる。

荷を積んだ馬の手綱をとってやってくる人足たちのほとんどが、長二郎たちとすれ違うとき、視線をそらした。

苦笑いして、中川が小声で長二郎に話しかけてきた。

「武士が連れだって歩く。荷を積んだ馬数頭を牽いた人足や村人たちだけが往来している街道筋では、目立つこと、この上ないですね」

「そうだな。これでは入り銭、出銭を取り立てている連中も、警戒して姿を現さないかもしれぬ」

　年若の後藤が口をはさんだ。

「二度ほど行き来してみましょう。身を潜めている者の気配を感じ取れるかもしれません」

　長二郎が応じた。

「気配を感じ取るか。やたら周りに目を光らせているより、物見遊山《ものみゆさん》にでもきたような様子で歩いて行くほうが、取り立てている連中に警戒心を抱かせないかもしれないな」

「そうしますか。もっとも私は目録の腕前、皆伝の織田さんや順兵が感じることも、わからないと思いますが」

　軽く息を吐き出して、中川がつづけた。

「ま、精一杯やってみましょう」

「気配を感じたら、気、と声を上げてくれ。その後、気配のした方向へ向かって目配せするのだ」

　ふたりが無言でうなずいた。

内藤新宿と下高井戸の間を二度行き来したが、不審な気配を感じることはできなかった。

追分にもどってきた長二郎たちは、辻で足を止めた。

振り向いて、長二郎が告げた。

「何の気配もなかった。銭を取り立てている連中に、探索していることをさとられたかもしれぬな。稲毛屋へ引き揚げよう」

「私も、駄目でした。修行が足りませぬ」

悔しそうに後藤が応じる。

「おれは、まったく役立たずだ。くそっ、無駄足だったか」

吐き捨てた中川に、長二郎が告げた。

「探索に無駄は付きものだ。次の手立てを考えるしかない。行くぞ」

声をかけ、長二郎が歩き出した。

ふたりがつづいた。

五

成木道の、内藤新宿の次の宿場は中野宿である。

四谷大木戸へ向かう人馬は、絶え間なくつづいていた。

初めて中野宿へ向かう戸張、大塚、松村は驚きの目で連なる人馬を見やっている。

笑みをたたえて、稲毛屋が言った。

「常にこんな様子だ。四谷大木戸で、役人たちが伝馬町へ行き来する人馬をあらためている。そこで足止めを食っているから、このあたりが混雑するのは当たり前だ。内藤新宿の問屋場で積み荷の受け渡しができるようになれば、いまよりましになるだろう」

興味があるのか、戸張が訊いた。

「甲州街道や成木道から江戸に運ばれてきた積み荷は、すべて伝馬町へ集められ、荷受人に渡されます。その作業を、内藤新宿が引き受けることになると、かなりの仲介賃が入ってくることになる。荷を運んできた人足たちは、当然、内藤新宿で宿をとるでしょう。大儲《もう》けですね」

「商人みたいな言い方だな。その通りだ」

応じた稲毛屋が、顔を覗き込むようにして、ことばを継いだ。

「戸張さんは、織田さんと養心館道場の竜虎といわれている剣の遣い手だよな。商いは好きかい」

「おもしろそうだと思っています。折があったら指南してください」

微笑んだ戸張に、

「おれでよければ、いつでもいい。何でも訊いてきてくれ。もっとも、おれは商人としてはたいしたことはない。商いのいいろははわかる。が、後は自分で考え、学ぶしかない」

「自分で考え、学ぶしかない。そうですか。剣術と同じですね」

「そうかもしれぬ。商い好きの剣術使いか。おもしろい。実に愉快だ」

大口を開けて、稲毛屋が高笑いをした。

神田《かんだ》上水に架かる淀橋は、成子から中野村へ渡る橋である。大小ふたつの橋があり、橋の手前に水車が見えた。淀橋の名の由来となった水車である。

橋のたもと近くで、稲毛屋が足を止めた。

つられたように立ち止まった戸張たちを振り向いて、稲毛屋が声をかけてきた。

「淀橋を渡って中野坂を上ると中野宿だ。おれが二本差し三人と連れだって歩いているのを見かけただけで、入り銭、出銭を取り立てている奴らは、身を潜めて通り過ぎるのを待つだろう。しょせんいたちごっこだ。無駄な成木道歩きはやめて、熊野十二所権現へ行こう。この三辻《みつつじ》を左へ行けば、十二所権現だ」

突然の申し出に、戸張たちが顔を見合わせた。

たがいにうなずき合う。

目を稲毛屋に向けて、戸張が告げた。

「成木道の混雑ぶりは、しかと見届けました。十二所権現へ向かいましょう」

「狂歌仲間とよく遊びに行くが、遊び抜きではほとんどこない場所だ。いままで気づかなかった、風雅な景色に出くわすかもしれんな」

笑みで応じて、稲毛屋が歩き出した。

三人がついていく。

熊野神社の本社は、丘の上に建っていた。

松、杉、柏《かしわ》などの古木が生《お》い茂り、人影もまれな閑寂の地で、この深林のなかに入れば、夏のさなかでも冷えるといわれている。

西の方に南北およそ一丁（約百九・一メートル）、東西十余間（約十八・二メートル余）に及ぶ古池があった。この池はじゅんさいの産地で、風味に優れていると評判だった。下池用水溜と上池用水溜があり、細い水路でつながっている。

周辺に、萩《はぎ》の滝とも呼ばれる熊野の滝があった。神田《かんだ》上水と玉川上水を貫く堀を普請したときに、社殿の北東にある崖に人の手でつくられたものである。滝は、熊野の滝以外にも数本あった。

熊野十二所権現の境内《けいだい》の至る所で、滝の流れ落ちる音が聞こえる。

池の周りには、多数の茶屋が建ちならんでいた。

どこぞのお大尽《だいじん》が酒宴を張っているのか、三味線や太鼓の音が聞こえてくる。

四人は、水辺にならんで立っていた。

苦笑いして、稲毛屋が言った。

「ここへくるときは煙草屋や馬宿の主人の稲毛屋ではなく、狂歌師平秩東作《へずつとうさく》として顔を出すことが多い。安藤さまとは、度々ここの料理茶屋で内藤新宿再開について話し合ったものだ」

「安藤様というと道中奉行の安藤様のことですか」

訊いてきた戸張に、稲毛屋が応じた。

「そうだ。安藤さまは狂歌好きでな。狂歌仲間といったところだ」

「そういうかかわりでしたか」

得心がいったように戸張がつぶやき、大塚と松村がうなずき合った。

「十二所権現があるお陰で、角筈村は内藤新宿より潤っている。村人たちの暮らしも豊かだ」

「このあたりや角筈村の賑やかな通りを、もう少し歩き回ってみたいのですが」

申し入れた戸張に、稲毛屋が渋い顔で応じた。

「あまり気がすすまんな。角筈村の名主や年寄、店頭《たながしら》たちは、おれが内藤新宿を宿場として再開させるために動いていたことを知っている。出会ったら、露骨に厭《いや》な顔をされるのがおちだ。茶屋前の道で、常連扱いされるのと大違いだ」

わきから松村と大塚が声を上げた。

「そんなこと、言わないでください」

「向後のため、ぜひ案内してください」

渋面をつくって、稲毛屋がこたえた。

「そこまで言われたら行くしかないな。もう一回りするか」

足を踏み出した稲毛屋に、戸張たちがつづいた。

六

問屋場に顔を出した喜六は、宿場開きの支度が順調にすすんでいるかどうか、五兵衛に訊いてみた。

「問屋主の嘉吉と問屋場常詰の源左衛門がむずかしい顔つきで、面を付き合わせて小声で話をしていました。私が近づいたら、気がついたのか、あわてて離れました。何やらひそひそ話をしていた様子で、気になります」

眉をひそめた五兵衛に喜六が告げた。

「表沙汰にできない、都合の悪いことが起きているのかもしれない。調べてくれ」

「わかりました」

「頼む」

応じた五兵衛に念を押して、喜六は問屋場を後にした。

屋敷にもどった喜六を、思いがけない客が待っていた。

再開する内藤新宿で、平旅籠屋〈見崎屋《みさきや》〉を開くことになっているお浜《はま》とお弓《ゆみ》の母娘だった。

一年前、五十そこそこで風邪をこじらせて急死したお浜の夫、信吉《しんきち》は喜六とともに内藤新宿を再開するために、走り回ったひとりだった。

もともと浅草阿部川町の商人だった信吉の先祖は、初代喜六に誘われて内藤新宿に移り住み、平旅籠屋〈見崎屋〉を開いた。

廃駅になった後は、旅籠屋をやっていた者たちのほとんどがそうしたように、人足相手の煮売り商いを始めた。一膳飯屋を開き、店先で弁当や菜を売った。

四十そこそこのお浜は女としては背が高く、固太りで、いかにも頑丈そうに見えた。彫りの深い顔立ちで、勝ち気が顔に出ているが、なかなかの美形だった。

十九になったばかりのお弓は、中背で、引き締まった躰つき、勝ち気でちゃきちゃきした性格が動きに出ている、気《き》っ風《ぷ》のいい娘だった。母ゆずりの彫りの深い顔立ちだが、丸顔のせいか、愛嬌《あいきょう》がある。

客間に入ってきた喜六を、座っていたお浜とお弓が同時に振り向いた。

厳しい顔つきだった。

上座に喜六が座るなり、一膝すすめてお浜が声をかけてきた。

「名主さん、何とかしてくださいな。困っているんですよ」

甲高《かんだか》い声だった。

どんなことで困っているか、見当もつかなかった喜六は、思わず顔をしかめた。

すかさず、お弓が声を上げる。

「名主さん、逃げないでくださいね。きっちりと話をつけてください。お願いします」

ぺこり、と頭を下げた。

呆気《あっけ》にとられて、喜六が応じた。

「お弓ちゃん、逃げるも逃げないも、困り事のなかみがどんなことか話してくれなけりゃ、どうしたらいいかわからないよ」

お浜とお弓は顔を見合わせた。

お浜が、喜六に向き直って話し出した。

「両隣にある旅籠屋が足洗い女を買い始めたんですよ。女衒《ぜげん》たちが出入りして、気味が悪いったらありゃしない。あたしんとこ、見崎屋は足洗い女を置かない平旅籠屋ですよ。子供連れや女だけで旅をしている人たちが泊まるための旅籠屋なんです。足洗い女たちに、見崎屋の前で客引きをされたら、泊まり客が入ってこなくなります。困るんですよ」

内藤新宿では、旅籠屋で抱えることができる飯盛女のことを、足洗い女と呼んでいる。

足洗い女を置いていない宿を平旅籠屋といい、抱えている宿を旅籠屋と呼んで、区別していた。

「そうだった。見崎屋さんの両隣は旅籠屋だったな。お浜さんの言うとおりだ。見崎屋さんの前で足洗い女たちが客を引き合ったら、旅人たちは入りにくいだろう」

迂闊《うかつ》だった、と喜六は胸中で呻《うめ》いた。

廃駅になる前は旅籠屋と平旅籠屋合わせて五十二軒あったが、再開前のいまは二十三軒しか出店していなかった。

旅籠屋を出店してくれるよう、江戸市中の分限者たちに片っ端から声をかけたが、結果は芳《かんば》しくなかった。

そのため、旅籠屋の場所は、出店してくれる分限者たちが望むがままに決められた。

結果、平旅籠屋の両隣に旅籠屋が建つという、商いの常識上、およそ考えられないような事態が生じていた。

黙り込んだ喜六を、お浜とお弓が咎める目つきで見据えている。

軽く咳払いして喜六が口を開いた。

「何とかしてやりたいが、いまはいい知恵が浮かばない。どうすればいいか、よい手立てを考えさせてくれ」

不満なのか、お浜とお弓が、さらに厳しい目で睨みつけてきた。

あまりの眼光の強さに、思わず喜六は目を伏せていた。

(お浜たちの一膳飯屋は、すでに平旅籠屋に改築し終わっている。いまさら引っ越すわけにはいかないだろう。両隣の旅籠屋の主人たちと話し合っても、馬の耳に念仏。足洗い女たちに客引きをさせるに違いない。どうやってやめさせるか、これは難題だ)

胸中でそうつぶやいている。

黙り込んだ喜六を、しばし睨みつけていたお浜が声を荒らげた。

「明日、また来ます。それまでによい手立てを考えておいてください」

耳に突き刺さるような、音骨《おとぼね》だった。

裾を蹴立てて、お浜が立ち上がる。

あわててお弓が、お浜にならった。

七

稲毛屋の一室で甲州街道を見廻った長二郎たちと、成木道界隈を歩き回った稲毛屋や戸張たちが円座を組んでいた。

歩き回って得た結論は、

「見廻る範囲が広すぎて調べようがない」

というものだった。

「どうすべきか。まず探索の手立てを考えるのが先だな」

一同を見渡して長二郎が告げ、戸張たちがうなずいた。

それまで黙って長二郎たちの話を聞いていた稲毛屋が、おもむろに口を開いた。

「とりあえず明日の見廻りはやめよう」

訝《いぶか》しげに長二郎が訊いた。

「見廻りをやめることには異存はありません。が、無為《むい》に時を過ごすわけにはいかない。どうすればいいか、いい知恵があったら教えてください」

にやり、として稲毛屋が言った。

「いやに素直だな。そう出られると、ない知恵を絞《しぼ》り出す気になるから不思議だ」

笑みを返して、長二郎が応じた。

「いい知恵を絞り出してください。お願いします」

「お願いしますときたか。運は寝て待て、というぞ。急《せ》いては事をし損じる、ともな。じっくりと考えるべきかもしれないぞ」

応じた稲毛屋に、長二郎が返した。

「剛毅果断《ごうきかだん》、と言います。立ち止まらずにすすみましょう」

「なるほど、そうきたか」

にんまり、と人を揶揄するような薄ら笑いを浮かべて一同に視線を流し、稲毛屋がことばを重ねた。

「腹が立つようなことを言ってもいいか」

「かまいません。忌憚《きたん》のないところを聞かせてください」

突然真顔になり、稲毛屋がじっと長二郎を見つめた。

「なら、言わせてもらおう。戸張さんたちと動いてみて、よくわかったことがある」

わきから、戸張が訊いてきた。

「どんなことですか」

まず戸張を見つめ、大塚、松村へと視線を移して、稲毛屋が告げた。

「再起衆はあまりにも内藤新宿のことを知らない。内藤新宿がどんな仕組みで成り立っているか、その仕組みを知ることこそ、最初にやるべきことだと思う」

さらに一同を見渡し、稲毛屋がつづけた。

「内藤新宿には店頭《たながしら》といわれる者がいる。内藤新宿だけではない。角筈村にも、深川《ふかがわ》、本所《ほんじょ》などの盛り場にも店頭はいる」

「店頭は、どんな役目を担っているのですか」

問うてきた長二郎に稲毛屋が応じた。

「店頭は宿場や岡場所を取り仕切る、土地の顔役ともいうべき存在だ」

足洗い女を抱えている旅籠屋や遊女商いをしている茶屋などから、月々金銭を取り立て、集めた金をもとに自分が仕切っている場所で事件が起きると、町奉行所の与力、同心、代官や代官所の手代などの役人たちに多額の袖の下を送って、もみ消すのが店頭の主な役目だった。

店頭は日頃から役人たちに付け届けをして、かかわりを深めている。

付け届けや袖の下などにあてる金銭を、店頭は旅籠屋や茶屋から定期的に取り立てた。

根津《ねづ》、谷中《やなか》、本所入江《いりえ》町の店頭たちが一年間に取り立てる金は、一千両余に達していた。

内藤新宿も例外ではなく、表だっては名主、問屋主、年寄、問屋役や問屋場が仕切っていたが、裏に回れば奉行所の役人とつながっている店頭の力は、絶大なものであった。

表と裏の仕組みを一気に語った後、稲毛屋が言った。

「いいことを思いついた。明日は、内藤新宿のふたりの店頭、太四郎《たしろう》と半四郎《はんしろう》に会いに行こう。角筈村を含めて、このあたりで入り銭、出銭を取り立てる力がある者に、心当たりがないか訊いてみるのだ」

太四郎と半四郎は、旅籠屋から役銭を取り立てる仕事を、内藤新宿の問屋場からまかされているという。

稲毛屋がことばを重ねた。

「金の取り立て方を知り尽くしている男、それが店頭だ」

「明日、おふたりに会うのが楽しみです」

話しかけてきた長二郎に、

「ふたりとも一筋縄ではいかぬ相手だ。口にしたことが本当かどうか、必ず裏をとる。それだけは肝に銘じておいてくれ」

厳しい口調で稲毛屋が告げた。

第三章　急がば回れ

一

「宿場を運営するための仕組みについて教えてもらいたい」

と長二郎が言い出した。

無言でうなずいた戸張たちが、稲毛屋に目を向ける。

その視線を受け止めて、稲毛屋が口を開いた。

「内藤新宿の問屋場の掛かりは旅籠屋、夜具などを貸し出す損料夜具屋、宿駕籠《かご》屋、茶屋などから注文を受けて肴《さかな》などを出前する取肴《とりざかな》屋などから、日々取り立てる役銭でまかなわれている」

問屋場は道中奉行の支配下にあるが、年貢の徴収は代官が行っているということ、旅籠屋のほとんどが、地主から土地を借りて建屋をつくっており、さらに主人たちは、旅籠屋連判状を作成して、問屋場に差し出していることなどを話した後、

「地主、家持は、年貢の他に街道普請金を負担して街道を整備する義務を負っている。伝馬役、人足役は、人足二十五人、馬二十五疋まで確保すると定められている。人足役は歩行役と呼ばれることもある。ただし、伝馬役、人足役は伝馬役金を納めることで、人馬手配の義務から免《まぬか》れることができる」

そう付け加えた稲毛屋は、一息ついて、さらに語りつづけた。

「幕府に上納金を納める役目を担うのは、御上納会所だ。おれは御上の指名で御上納会所の払方添役を引き受けさせられている。好んで引き受けた役目ではない。おれは、内藤新宿にちゃんと上納金を払わせるための目付役でもあり、払えないときの請け人でもあるわけだ」

と告げ、それが癖の、唇の一端を吊り上げた、皮肉な薄ら笑いを浮かべて、ことばを継いだ。

「納める金は店頭の太四郎と半四郎が、役銭として日々取り立てることになっている。が、いまある旅籠屋や茶屋などから入ってくる役銭の高では、宿場を運営

していくには不足している。当分の間、名主さんやおれ、宿役人たちの持ち出しになるだろう。困ったもんだ」

投げやりな口調で言って、ことばを重ねた。

「上下高井戸宿や中野宿まで行き来して荷を運ぶ、伝馬宿継《しゆくつぎ》の業務。そのための人馬の手配、要請にすぐ応じてもらうための助郷《すけごう》村との付き合い方など、さまざまな役務があるが、この場で細かく話しても、おぼえることが多すぎて、結句、身につかないだろう」

ことばを切って一同を見渡した稲毛屋に、長二郎が問うた。

「稲毛屋さんの稼業の馬宿ですが、店の前に馬をつないで人足が一休みしたり、泊まったりするところ、と考えていいのですか」

「そうだ」

「中馬《ちゆうま》というのは、馬で荷物を運ぶ信州の業者のことですよね」

「信濃生まれの商人で、内藤新宿に屋敷地を買い、内藤新宿の住人として甲州や信州から運んできた荷を買い取り、売りさばく商いをやっている連中のことだ。売主が運んできた品物を預かり、買い主に渡して仲介賃をとるという内藤新宿の問屋場で行う仕事と、中馬の業務が一部重なっている。宿場が再開され動き出したら、問屋場と中馬の間で、何かと揉め事が起きるだろう」

「追い出したくても、中馬の土地建屋は主人の持ち物。悪い言い方をすれば、獅《し》子《し》身《しん》中《ちゅう》の虫みたいな存在ですね」

「その通り。日々、その動きに気を配り、警戒しつづけねばならない連中といってもいいだろう」

こたえた稲毛屋に、長二郎たちが黙然と顎を引いた。

二

話し合っているところへ、喜六がやってきた。

「ひょっとしたら稲毛屋にもどっていらっしゃるかもしれないと思って、参りました」

部屋に入ってきて、後ろ手で襖を閉めながら喜六が告げた。

稲毛屋の隣に座る。

長二郎が話しかけた。

「明日、稲毛屋さんに仲介してもらって、内藤新宿の店頭の太四郎さんと半四郎さんを訪ねるつもりです」

「太四郎と半四郎に会いに行く？　何ゆえに」

訝しげに喜六が訊いた。

「日々役銭を取り立てる役目を担っている店頭のふたりと、一度顔合わせをしておいたほうがいい、と思ったんです。再起衆の役務は、内藤新宿の見廻りと警固、よろず揉め事を捌《さば》くこと。宿場で起きた不祥事の揉み消しが主な仕事の店頭から、揉め事の種になりそうなことを訊いておいたほうが、のちのち何かと都合がいい、と判じました」

「なるほど、そういうことですか。店頭なら稼業柄、そのあたりの噂は幾つか耳にしているでしょう」

応じた喜六が、何か思い出したらしくことばを継いだ。

「そういえば五日前、江坂さまに会うために勘定方へ出向いたとき、気になる話を聞きました」

「気になる話？」

鸚鵡返しをした長二郎に、喜六がこたえた。

「江坂さまは『どうも角筈村は、まだ宿場を開設することを諦めていないよう

る』と言われ

ました。いまでも勘定方に顔を出して、同役たちに取り入ろうとしている』と言われる。そのときは、すでに内藤新宿が立ち返り駅になることは決まっておりました。いまとなっては、角筈村がどう頑張っても、その決定を覆《くつがえ》すことは至難の業でしょう、と私が応じて、話は終わったんですが、よく考えてみると、揉め事の種になりそうなことだと、いま、ふと、そんな気がしまして」

不安げに喜六が首を傾《かし》げた。

口をはさむことなく喜六の話を聞いていた長二郎が、向き直って訊いた。

「稲毛屋さん、角筈村の店頭が誰か知っていますか」

「知っているが、それがどうした」

「太四郎さんや半四郎さんを訪ねるのは、後日にしましょう」

言い切った長二郎に、怪訝そうに稲毛屋が問い返した。

「後日にするとは？」

「明日から角筈村の店頭を張り込むべきではないか。そう考えたからです。店頭の生業は、金を取り立てることで成り立っている。金の取り立て方をよく知っている、と稲毛屋さんから聞きました。どんなやり方でやっているかわかりませんが入り銭、出銭を巧みに取り立てる知恵も、そのあたりから湧き出たのではないかと」

わきから戸張が声を上げた。

「いいところに目をつけた。街道をぶらついて、入り銭、出銭を取り立てている連中を見つけ出すのは至難の業だ。店頭の住まいを見張っていたら、取り立てに出かけていた手下たちが、もどってくるところに出くわすかもしれない」

一同に視線を走らせて、長二郎が告げた。

「角筈村は宿場開設を諦めていないのだ。宿場を開くという目的を果たすためには、内藤新宿を、もう一度廃駅に追い込まなければならない。内藤新宿が御法度《ごはっと》に背くようなことをしでかして、公儀から仕置きされないかぎり、角筈村に出番はないのだ」

身を乗り出して、稲毛屋が声を高めた。

「その通りだ。内藤新宿が廃絶されなければ、角筈村は宿場開設の認可を得られない」

瞬間、喜六が、長二郎ら再起衆の面々が顔を見合わせた。

緊迫《みなぎ》を漲らせ、目と目で強くうなずき合う。

三

明朝四つ半（午前十一時）過ぎに顔を出す、と稲毛屋に告げて、喜六とともに長二郎たちは引き揚げた。

屋敷へもどる道すがら、喜六が長二郎に小声で言った。

「夕餉《ゆうげ》を食べたら、私の居間にきてもらいたい。話したいことがあるんで」

「わかりました」

笑みをたたえて、長二郎が応じた。

勝手の板敷の一画で、長二郎たちは向き合って夕餉を食べていた。それぞれの前に箱膳が置かれている。

黙々と食事する戸張たちに視線を走らせて、長二郎は、

（おれの決めたことに、何一つ文句も言わないでしたがってくれる。よき仲間にめぐりあった）

との思いを、しみじみと噛みしめている。同時に引っ越してきた日に喜六と交

わした会話を思い起こしていた。

「食事のために一部屋用意しましょう」

申し入れてきた喜六に、恐縮して長二郎はこたえた。

「私を含めて再起衆のみんなは、喜六さんの屋敷に居候させてもらっているようなもの。勝手の板敷の一画で、日々食事をさせてもらいます。器などは箱膳に入れてください。冷や飯食いの身だった者たちですから、箱膳に慣れています。給仕もいりません。飯櫃《めしびつ》を置いてもらえれば、よそうのは自分たちでやります。それと、お願いしたいことがあるのですが」

「お願いしたいこと？　何だね」

「出かけたら、夕方まで屋敷にもどれません。昼に食する握り飯を用意してもらいたいのですが」

「用意させましょう。握り飯は三つ、それとも四つはいるかね」

「三つで十分です。お願いします」

「水を満たした竹筒も人数分用意しておきます」

「お願いします」

応じて、長二郎は微笑んだ。

そのときのやりとりを、長二郎は昨日のことのように憶えている。

一同が食べ終わったのを見届けて、長二郎が告げた。

「明日明六つ、木刀を持っておれの部屋に集まってくれ。庭を見て回り、稽古ができそうな場所があったら、朝餉の前に素振りなどの鍛錬をやる」

一同が無言で顎を引いた。

小半時（三十分）後、長二郎は喜六の居間にいた。

相対して座っている。

「話というのは、義松のことなのだが」

切り出した喜六に、即座に長二郎がこたえた。

「つづけさせてください。私にとって、指南するたびに成長していく義松ちゃんとの触れ合いは、楽しみのひとつになっています。私が学んできたことを、文武ともにつたえる相手がいる。嬉しいことです」

安堵したように、喜六が笑みを浮かべた。

「そう言ってもらえると、ありがたいかぎりです。義松は『織田さんが教えてくれなきゃ、学問も剣の修行もしない』と言い出し、お咲も『義松の望み通りにしてください。でなきゃ、怒ります』と目を尖らせて、強硬に義松に助け船を出す始末。再起衆の仕事が始まったことを理由に、義松の指南を断られたらどうしよう、と困っていたところです」

父親の顔を見せた喜六に笑みを返して、長二郎が応じた。

「つづけさせてもらいますが、再起衆の仕事の成り行き次第では、指南する日時刻限が変わらざるを得ません。一ヶ月間に指南する時間は、変わらないようにします。とくに学問では、そうします。剣術は、再起衆のみんなと稽古するときに、一緒にくわわってもらうこともあるかもしれません。そのこと、了解してください」

「わかりました。何卒よろしくお願いいたします」

こたえた喜六に、長二郎が問いかけた。

「明朝、庭を歩き回ります。剣術の稽古をする場所として、庭のどこかを使わせてもらおうと思っているので。どこを使わせてもらうか、決まったらつたえます」

身を乗り出すようにして、喜六が応じた。

「再起衆の仕事がらみのことですから、私が案内いたしましょう。明朝、何刻に落ち合いますか」

「明六つに私の部屋に集まるように、みんなに言ってあります。それから、喜六さんが指定したところへ向かいます」

「明六つ過ぎに、式台の前でお待ちしております」

「お手数をかけます」

こたえた喜六に、長二郎が小さく頭を下げた。

四

さすがに名字帯刀を許され、草分名主として、向後、甲州街道取り締まりの名主となる高松家の屋敷だった。

浅草阿部川町の名主だった頃から風雅を好み、代々茶道をたしなむ高松家の邸内には、茶室が数ヶ所設けられている。

いままで義松を指南するため、何度も喜六の屋敷を訪れていた長二郎も、初めて見る景色だった。

先に立って喜六が歩いて行く。

庭内を案内された長二郎はじめ再起衆の面々は、そのあまりの広大さにあらためて驚いていた。

長二郎たちは、それぞれ木刀を手にし、稽古着を身につけている。

ゆうに数万坪あろうかという敷地内に竹藪《たけやぶ》、聳え立つ巨樹、大樹が生い茂る森林が広がっていた。

竹藪のなかには、冬には無数の鴨《かも》が游泳する大きな池がある。

池の周囲は、広場になっていた。

多数の客を招き、鴨猟をして、鴨料理を楽しむための広場だった。

池畔《ちはん》で不意に足を止めて、長二郎が声を上げた。

「ここがいい」

先頭に立っていた喜六が、立ち止まって振り向いた。

つられたように戸張たちも動きを止める。

顔を向けて、長二郎が喜六に話しかける。

「池のそばのこの一画を、剣術の稽古場に使わせてもらいます」

「よい場所が見つかってようございました。思うがままに使ってください」

笑みを浮かべて喜六が応じた。

顔を見合わせ、戸張たちもうなずき合う。

腕まくりをして、大塚が声を高めた。

「久しぶりの稽古だ。たっぷり汗をかくぞ」

木刀を大上段に据えて、振り下ろした。

風切音が凄《すさ》まじい。

「始め」

長二郎の下知《げじ》にしたがい、戸張たちが、それぞれ適当な場所に身を移し、木刀の素振りを始めた。

大上段に構えた長二郎が、木刀を振り下ろす。

風に揺れる竹々の葉音を打ち消して、あたりには木刀の素振りの音が響き渡った。

五

稽古の後、長二郎たちは着替えて朝餉を食した。

昼五つ半（午前九時）過ぎ、長二郎たちは稲毛屋に顔を出した。

出迎えてくれた手代に案内された部屋で、稲毛屋が待っていた。

扇形に座った長二郎たちと向かい合って、下座に稲毛屋が控えている。

口を開いたのは、稲毛屋だった。

「出かける前に、今一度内藤新宿と角筈村の確執について話そう」

内藤新宿が廃絶されるまで、角筈村は二十四ヶ村ある助郷村のひとつだった。

その角筈村の名主渡辺与兵衛が、内藤新宿が廃宿されてから二十八年後に、麴《こうじ》町《まち》の分限者、長兵衛《ちょうべ》店《えだな》喜右衛門《きえもん》たちと、角筈村の新町《しんまち》に宿場を開設することについての証文を取り交わした。

証文は、宿場が開かれるまでに使った掛かりの負担の配分を取り決めたものだった。

角筈村は宿場開設に向かって動き始め、五年後には宿場設置の願書を提出している。

この願書にたいして、公儀は伝馬町と高井戸宿に、角筈村に宿場を開くことに支障があるかどうかを問いただし、支障はない、との返答を得た。

しかし、角筈村の宿場開設が認許されることはなかった。

が、与兵衛たちは、宿場の設置を諦めなかった。

「宿場を取り立てることができれば、土地がおおいに潤う」

と主張する与兵衛たちは、その後何度も、角筈村に宿場を設置したい、との願書を出しつづけた。

一気に話し終えた稲毛屋が、一同を見やって問いかけた。

「何か訊きたいことがあるかい」

長二郎が応じた。

「角筈村が、宿場を開設することに執着していること、よくわかりました」

戸張らに視線を流して、問いかけた。

「みんなはどうだ」

「訊きたいことはない」

と戸張がこたえ、大塚たちが無言でうなずいた。

顔を稲毛屋に向けて、長二郎が問うた。

「内藤新宿が立ち返り駅になることが決まるまで、角筈村に宿場を開こうとして動いていた人物は誰ですか」

「名主の渡辺与兵衛と村役人のひとりで、店頭の太七だ。私がみるところ、このふたりは、まだ宿場の開設を諦めていない」

「あらためて訊きますが、稲毛屋さんは入り銭、出銭を取り立てているのはこのふたりだ、と判じているのですね」

「おれの勘がそう言っているだけだ。とりあえず、このふたりを見張るべきだろう。太七には、政吉《まさきち》と三五郎《さんごろう》という腹心のほか、手下が十人ほどいる。余計な差し出口だが、太七のほうが人の出入りが多い。見張るのに四人は必要だろう。与兵衛のほうは、ふたりで見張れば十分だ」

顔を向けて、長二郎が告げた。

「私と順兵で、与兵衛を張り込む。戸張たちは太七の動きを見張ってくれ」

「承知した」

と、戸張が目を光らせた。大塚たちも顎を引く。

「おれは与兵衛の屋敷と太七の住まいまで同道するが、それで引き揚げさせてもらう。おれの顔は、角筈村の連中にはよく知られているからな」

ふてぶてしい笑みを浮かべて、稲毛屋が告げた。

六

角筈村の新町に、与兵衛の屋敷はあった。

代々名主の家系である渡辺家は、喜六の屋敷ほどではないが、それなりの規模と格式を備えている。

「表門を見張るだけでいいだろう。喜六さんもそうだが、体面を重視する名主は、よほどのことがないかぎり、裏口から出入りすることはない。客も表門から出入りすると相場が決まっている」

屋敷の近くで足を止めて、稲毛屋が長二郎に告げた。

立ち止まって、長二郎が応じた。

「どうやって張り込むか、屋敷の周りを歩き回って決めます。稲毛屋さんは、戸張たちと太七の住まいへ向かってください」

「戸張たちを案内した後、おれは問屋場へ向かう。二、三日通い詰めて、問屋役や年寄、問屋場の下役たちの誰が、角筈村と気脈を通じているか探ってみる」

こたえた稲毛屋に長二郎が言った。

「本来なら、宿場再開に向かって一致団結して働かねばならぬ時期。角筈村と気脈を通じている者がいたら、腹立たしいのを通りこして、八つ裂きにしてやりたい気分になりますね」

にやり、として、稲毛屋が応じた。

「欲にかられて裏切る。よくあることだ。処断を急げば、たとえ自分に落ち度があっても、おのれを守るためにあらゆる手立てを尽くして、抗《あらが》ってくるのが人という生き物。裏切り者だと見抜いても、気づかぬふりをして、じわじわと真綿で首を絞めるやり方で、問屋場から放逐するしかあるまいよ」

顔を向けて、稲毛屋がことばを重ねた。

「太七の住まいは、十二所権現の茶屋町の外れだ。戸張さん、向かおう。稼業柄、太七には隠し事が多い。二手に分かれて、表と裏を見張るべきだろうな」

「店頭は、やくざ一家の親分と同類の者と見立てています。稲毛屋さんの忠告にしたがい、二手に分かれて張り込みます」

緊張した面持ちで、戸張がこたえる。

鋭い眼差しで、大塚たちが顔を見合わせた。

七

夕七つ（午後四時）を告げる時の鐘が、風に乗って聞こえてくる。

大木の陰に身を潜めて与兵衛の屋敷に目を注いでいる長二郎の後ろで、後藤が背伸びしながら、欠伸《あくび》をする気配がした。

次の瞬間……。

草を踏みしだく音がした。

無意識のうちに緊張感に欠けることをしてしまった自分に気づいて、あわてて後藤が姿勢を正したのだろう。

（無理もない）

胸中で、長二郎は、そうつぶやいていた。

朝から後藤と長二郎は、ほぼ一刻（二時間）ごとに交代しながら張り込んでいる。

探索で張り込むのは、今日が初めてだった。

朝方、剣術の稽古もしている。

慣れぬ再起衆の仕事と、馴染まぬ喜六の屋敷での暮らしが重なって、疲れが溜まっているのだろう。

気づかぬ風を装って、長二郎は与兵衛の屋敷の表門に目を注いでいる。

見張り始めてから、目立った動きはない。

出で立ちからみて、出入りしているのは奉公人か、小作人たちと思われた。

さらに半時（一時間）ほど過ぎ去った頃、羽織《はおり》をまとった、歳《とし》の頃は五十そこそこ、小肥りで猪首《いくび》、がに股で四角い顔の男が屋敷から出てきた。

「四角い顔で猪首、小肥りでがに股、歩いている格好は、横歩きこそしないが、まっすぐに歩いている蟹《かに》のような気がする。それが、与兵衛に抱いているおれの印象だ」

与兵衛の風貌について、稲毛屋はそう言っていた。そのことばが、長二郎の耳に蘇った。

さらに、奉公人をひとりしたがえている。

長二郎は、与兵衛の顔を知らない。

が、長二郎は、屋敷から出てきた男は与兵衛に違いない。たとえ別人だとしてもつけるべきだ、と判じた。

振り向いて告げた。

「あの羽織姿の男をつける。つけていった先で何が起きるかわからぬ。おれがここへもどってこられない場合もある。あの男がもどってくるのを見届けるまで、張り込んでいてくれ。引き揚げるのは、その後だ」

「承知しました」

こたえた後藤が、男に目を凝らした。


十二所権現近くの池に面した、茶屋〈夕月亭《ゆうげってい》〉の表を見張ることができる町家の外壁に、長二郎は身を寄せている。

与兵衛と思われる男が夕月亭に入った後、ほどなくして、手下を三人引き連れた、がっちりした体軀で大柄の、四十半ばの男がやってきた。

黒々とした太い眉、窪《くぼ》んだ細い目、獅子《しし》っ鼻《ぱな》、分厚い大きな唇が、えらの張った長い顔の真ん中に集まっている。

凄みのきいた風貌だった。

男たちも夕月亭へ入っていく。

さほどの間をおくことなく、夕月亭の前に立った武士がいた。

周囲を見渡した武士の顔を、茶屋の明かりが照らし出す。

戸張だった。

次の瞬間、長二郎は戸張に向けて、凄まじい殺気を発した。

感じたのか、身構えて戸張が振り向く。

町家の陰から一歩通りへ出た長二郎が、戸張に笑いかける。

殺気の主が長二郎だとさとった戸張が、にやり、として歩み寄ってくる。

再び長二郎は、張り込んでいた町家の陰に引っ込んだ。

周囲に警戒の視線を走らせながら、戸張は長二郎が身を潜めているところに入ってくる。

小声で話しかけてきた。

「太七をつけてきた。織田がここにいるということは、与兵衛も夕月亭にやってきたのか」

「おれは与兵衛の顔を知らぬ。与兵衛と思われる男が奉公人をしたがえて出てきたのでつけてきたら、夕月亭に入っていった。順兵は、まだ屋敷を張り込んでいる」

　応じた長二郎に、戸張が告げた。

「おれがつけてきたのは、間違いなく太七だ。稲毛屋が太七の住まいを教えてくれていたとき、たまたま太七が住まいから出てきた。すかさず稲毛屋が、あいつが太七だと教えてくれた。稲毛屋と別れた後、太七は帳面を手にした男と金箱を持った手下を連れて、三度ほど出かけている。おそらく金集めに出かけたのだろう」

「夕方まで、与兵衛と思われる男は出てこなかった。稲毛屋から与兵衛の容貌を教えてもらっているが、本人だと決めつける自信はない。明日にでも稲毛屋に、与兵衛の顔をあらためてもらおうと思っている。大塚たちは、残って張り込んでいるのか」

「そうだ。一緒に表を張り込んでいた中川に『裏に行き、松村に声をかけて連れ出し、表を張り込ませろ。その後、喜六さんの屋敷にもどり、帰りが遅くなるので、晩飯は箱膳に入れたまま、おれたちがいつも食事するところに、飯櫃とともに置いておいてくれ』と下働きの女につたえるように命じてある。それから中川は、再び太七の住まいへもどり、張り込みをつづける手はずになっている」

感心したように長二郎が言った。

「よく気づいてくれた。おれたちの帰りが遅くなっても、下女たちは起きて待っているだろう。下女たちの朝は早い。迷惑をかけることになる」

微笑んで、戸張が応じた。

「咄嗟《とっさ》に思いついただけのこと。そう言われると面映《おもは》ゆい」

口調を変えて、戸張がことばを継いだ。

「手下たちの出入りは多い。入り銭、出銭を集めている手下たちは、銭を入れた布袋か金箱を持って、必ず太七のところに顔を出すはずだ。目を離せぬ」

「おれがつけてきた男が与兵衛だとしたら、何のために太七と夕月亭で会っているのか。おおっぴらにできない話をするために、夕月亭にやってきた。そんな気がする」

首を傾げた長二郎に、

「おれも、そう思う。奴ら、どんな話をしているのか」

こたえた戸張が、夕月亭へ目を向けた。

その目が鋭い。

第四章　鳰《にお》の浮き巣

一

一刻（二時間）ほど過ぎた頃、やってきた一挺《ちょう》の駕籠が夕月亭の前で停まった。

通りにおろされる。

駕籠舁《か》きのひとりが夕月亭へ入っていった。

すぐに出てきたところをみると、迎えにきたのを見世の者に知らせに行ったのだろう。

ほどなくして太七や与兵衛らしい男と、がっちりした体軀の商人風の男が姿を現した。

「出てきたぞ」

張り込んでいる長二郎が、背後で腰を下ろしている戸張に声をかける。

立ち上がった戸張が、長二郎の肩越しに目を注いだ。

会釈して、商人風が駕籠に乗り込む。

駕籠が持ち上げられた。

会釈を返した与兵衛と太七が見送っている。

与兵衛たちを見据えたまま、長二郎が話しかけた。

「おれが駕籠をつける。戸張は太七が出てくるまで張り込み、住まいにもどるまで見届けて、中川たちとともに引き揚げてくれ」

「承知した」

こたえた戸張が、ことばを重ねた。

「呑み足りないのか、ふたりがなかへ入っていくぞ」

長二郎が応じた。

「好都合だ。つけていくところを見られずにすむ。後を頼む」

「委細承知《いさいしょうち》」

戸張に笑みを向け、長二郎は身を寄せていた町家の外壁から離れて、通りへ出た。

駕籠を見据え、駕籠舁きたちの歩調に合わせて、早足でつけていく。

遠ざかる長二郎をしばし見やっていた戸張が、再び夕月亭に目を注いだ。

二

太七たちが住まいに入っていくのを見届けた戸張は、表側で張り込んでいる中川と松村の姿を求めてぐるりを見渡した。

隣り合う茶屋の間にある通り抜けから、中川たちが出てくる。

互いに歩み寄った。

無言で、戸張が顎をしゃくる。

裏口へ向かって歩き出した。

その仕草が、引き揚げる合図だと察した中川たちが戸張につづいた。

裏口を見張っていた大塚と合流し、屋敷にもどった戸張たちは、勝手の板敷の間で遅い晩飯を食べ始めた。

その瞬間、勝手口の戸が開けられた。

一斉に戸張たちが目を向ける。

入ってきたのは後藤だった。

戸張が声をかける。

「いいときに帰ってきた。順兵の晩飯も用意してあるぞ」

手にした箸で、箱膳が置いてあるところを指し示した。

微笑んで後藤が応じる。

「腹が鳴っています。大飯を食らいそうです」

板敷の上がり端に後藤が足をかけた。

大塚が声をかける。

「おれたちも腹ぺこだ。しかし、飯櫃はひとつだけ。早食い競争になるぞ」

「負けられぬ」

「腹が減っては戦《いくさ》ができぬだ。さあ食うぞ」

相次いで中川と松村が声を上げた。

箱膳の前に座りながら、気がついたのか後藤が戸張に問いかけた。

「織田さんは、どうされたのですか」

「織田は、茶屋夕月亭から太七や与兵衛らしい男と一緒に出てきて、駕籠に乗り込んだ商人とおぼしき男をつけていった。いつ帰るかわからぬ」

うなずいて、後藤が応じた。

「屋敷へ帰ってきた与兵衛らしい男を奉公人たちが出迎えていました。様子からみて、あの男は間違いなく与兵衛です」

言い切った後藤に、戸張が告げた。

「稲毛屋は与兵衛の顔を知っている。いずれ顔あらためをしてもらうつもりだ」

「そうですね。そのほうがはっきりします」

微笑んだ後藤に、

「早く飯を食え」

笑みをたたえた戸張が、一同を見渡してことばを重ねた。

「早食い競争をするのはいいが、飯櫃の米は二杯分だけ残しておこう。腹をすかせて帰ってくる織田の分だ」

無言で一同がうなずいた。

三

深更の刻限はとうに過ぎている。

多くの田畑を所有し、住み込みの下男たちに作物を作らせている喜六の屋敷は、すでに寝静まっていた。

(みな、朝早く起き出して働いている。用心のため潜《くぐ》り戸にも閂《かんぬき》がかけられているだろう。塀を乗り越えるしかないか)

そう思いながら、長二郎は潜り戸を押してみた。

すっと開く。

閂はかかっていなかった。

(かけ忘れたのかもしれぬ)

その推測を、長二郎はすぐに打ち消していた。

(そんな不用心なことをするはずがない。誰かが閂を外しておいてくれたのだ。おれが出かけているのを知っているのは戸張だ。おそらく戸張は起きて待っているだろう)

そう思いながら、長二郎は潜り口をくぐった。

なかに入り、閂をかける。

勝手口の腰高障子《しょうじ》を開けて、長二郎は足を踏み入れた。

いつも食事をする板敷の一隅に、行燈《あんどん》が点《とも》っている。

傍らに戸張が座っていた。

気づいて、戸張が声をかけてきた。

「遅かったな。飯は残してある」

戸張の前に箱膳が置いてあった。

板敷に歩み寄りながら、長二郎が告げた。

「駕籠が行き着いた先は伝馬町だった」

「伝馬町？」

戸張が鸚鵡返しをした。

板敷に上がった長二郎は、箱膳をはさんで戸張と向き合う。

座るのを待ちきれぬように、戸張が長二郎に訊いてきた。

「つけていった商人とおぼしき男が、何者かわかったのか」

「男は、伝馬町の信州屋へ入っていった。〈口入れ稼業　信州屋〉と書かれた屋根看板が掲げられていた」

こたえた長二郎に、

「伝馬町の口入れ屋だと。伝馬町は代官の諮問に『角筈村に宿場が新設されても、何の支障もありません』と答申したのだろう。その伝馬町の口入れ屋が、与兵衛たちに何の用があるのだ」

首をひねった戸張が、はっ、と気づいて言った。

「いままで伝馬町には、甲州街道と成木道を通って運ばれてきた多数の荷が集まってきた。口入れ屋なら、それらの荷を買い主たちのもとに運ぶ人足たちを手配して、儲けていたはずだ。内藤新宿が再開されたら、手配する人足の数は大幅に減って、儲からなくなる。いまとなっては、信州屋が内藤新宿に入り込む手立てはない。なら、角筈村とかかわりを持って、宿場の開設に向かって手助けをする、ということか」

長二郎が応じた。

「そのあたりのことは、稲毛屋に訊けば、当たらずとも遠からず、の答えが出るだろう」

身を乗り出すようにして、戸張が言った。

「明日は、中川たちを二手に分けて、与兵衛と太七を張り込ませよう。おれたちは稲毛屋が問屋場へ出かける前に、訪ねたほうがいい」

「そうしよう」

ことばを切った長二郎が、笑みをたたえてつづけた。

「腹が減った。飯を食いたい」

前に置かれた箱膳の蓋《ふた》をとった。

四

翌日、剣の稽古を終え朝飯を食べた後、長二郎と戸張は中川、大塚、松村に太七を、後藤に与兵衛を張り込むように指図して送り出した。

問屋場へ出かけようとしていたところにやってきた長二郎と戸張を、稲毛屋は厳しい表情で出迎えた。

ふたりを接客の間へ請《しょう》じ入れた稲毛屋は、向かい合って座るなり訊いてきた。

「何があったんだ」

こたえたのは長二郎だった。

「昨日の夕方、与兵衛と思われる男をつけたら、茶屋夕月亭へ入っていきました。そこで太七をつけてきた戸張と出くわし、ふたりで夕月亭を見張りました」

太七たちと一緒に夕月亭から出てきた商人とおぼしき男が、ふたりに見送られて駕籠に乗り込んだこと、その駕籠を長二郎がつけていったこと、商人風の男は伝馬町の口入れ屋信州屋へ入っていったことなどを長二郎は話しつづけた。

信州屋という屋号をきいた途端、稲毛屋が口をはさんだ。

「信州屋か」

しばし首を傾げて、ことばを継いだ。

「あくまでも屋号からの推測だが、信州屋の主人は信州の生まれかもしれぬな」

さらに首をひねって、つづけた。

「信州の出だとしたら、内藤新宿の中馬たちとかかわりがあるかもしれない。だとすると、厄介なことになりかねぬ」

「厄介なこと?」

問い返した長二郎に、稲毛屋がこたえた。

「信州生まれ同士で、何やら悪巧みを仕掛けているのではないかと、ふと、そんな気がしたのでな。それと」

「それと？」

鸚鵡返しをした長二郎に、

「信州屋が口入れ屋ということにも引っかかっているのだ。内藤新宿が再開されたら、伝馬町の荷の扱い量は大幅に減る。内藤新宿に信州屋が入り込んでくる余地はまったくない。信州屋が夕月亭で与兵衛や太七と会っていたことで、信州屋が角筈村と気脈を通じていることははっきりしている。角筈村に宿場をつくれば信州屋の儲けが減ることはない」

昨夜、ふたりで推測したのと同じようなことを、稲毛屋が話している。ふたりの推測は外れてはいなかった。そんな思いを込めて、長二郎と戸張は顔を見合わせた。

「信州屋について、聞き込みをかけるべきかもしれない」

つぶやいた長二郎に、

「推測の裏付けをとるためにも、聞き込みをかけるべきだろうな」

稲毛屋が後押しした。

わきから戸張が声を上げる。

「とりあえずふたりで動いてみよう。信州屋の店構えも見たいし」

無言で長二郎がうなずく。

割って入って、稲毛屋が言い足した。

「内藤新宿にある三軒の中馬のなかで一番大きな店で頭格の〈木賊《とくさ》屋〉も張り込んだほうがいいだろう」

「木賊屋だけでいいのですか。ほかの中馬も張り込んだほうがいいのでは」

問いかけた長二郎に稲毛屋が言い切った。

「いまのところ木賊屋だけでいいだろう。おれの見るところ、ほかの中馬は、木賊屋の顔色をうかがいながら商いをしている。木賊屋を出し抜いて、信州屋とかかわるようなことはしないだろう」

ふたりは、無言でうなずいた。

「話は終わった。問屋場へ行かねばならない。出かけよう」

稲毛屋が腰を浮かせた。

「我々は伝馬町へ向かいます」

こたえた長二郎が、脇に置いた大刀に手をのばした。

五

平旅籠屋見崎屋の両隣は、旅籠屋の興津屋《おきつや》と恵比須屋《えびすや》だった。

内藤新宿は、公儀から宿場全体で百五十人の足洗い女を抱えることが許されている。

興津屋には八人、恵比須屋には九人の足洗い女を置くことが認められていた。

伝馬町へ向かって長二郎と戸張が歩を運んでいる頃、喜六は興津屋の主人邦造《くにぞう》を訪ねていた。

見崎屋の女主人お浜と娘のお弓から、

「興津屋と恵比須屋が抱えている足洗い女たちが、見崎屋の前で客引きをしないようにしてもらいたい」

と頼まれている。

女や子供連れの旅人たちのほとんどが、足洗い女たちを抱えていない平旅籠屋に泊まる。

そんな平旅籠屋の前で、足洗い女たちが客引きを競い合ったら、女や子供連れは入りにくくなる。客引きする足洗い女たちを避けて、旅人たちはほかの平旅籠屋に泊まるに違いない。商売あがったりになるに決まっている、というのがお浜母娘の言い分だった。

やってきたのは土地の名主・高松喜六である。内藤新宿のなかでは歴々たる権力を有している、粗略な扱いのできぬ相手であった。

帳場の奥にある主人控えの間に、興津屋邦造は喜六を迎え入れた。

上座にある喜六の前に控えた邦造が、

「名主さんの突然のおとない、何事でございますか」

と訊いてきた。

「お隣の見崎屋さんから頼まれてきたのだ」

「見崎屋さんからの？　どんな話で」

「遠回しな言い方をしたら、話が長くなるだけだ。単刀直入に言わせてもらう。見崎屋さんの前で、抱えの足洗い女たちに客引きをさせないようにしてもらいたいのだ」

「そう言われても、しかし」

言いかけたことばを呑み込み、邦造が黙り込んだ。

重苦しい沈黙がその場を支配する。

口を開いたのは喜六だった。

「足洗い女たちに客引きはさせない、と約束してもらいたいのだが、どうだろう。見崎屋さんとは隣同士、気まずくなるのは何かと厄介ではないのか」

「そうですね。気まずくはなりたくない。しかし、私が見崎屋さんの前で客引きをするな、と指図をしても、足洗い女たちは仕事熱心のあまり、つい夢中になって、店先まで出てしまうこともあるでしょう。そのあたりのことまで咎め立てされたら、私にはやりようがなくなります」

応じた邦造に、喜六が訊いた。

「約束できない、と言うのかい」

困惑をあらわに邦造が首をひねった。

再び口を噤《つぐ》む。

「約束できない、と言うんだね」

厳しい声音で、喜六が問い詰める。

ため息をついて、邦造がこたえた。

「約束したくても、客引きをやるのは私じゃないんです。足洗い女たちは金で買われた身、年季が明けるまでに、できるだけ多く金を稼いでおきたいと思っているはず。私のところもそうですが、ほかの旅籠屋も足洗い女たちには、引き入れた客ひとりにつき、なにがしかの金が入るようになっています。一度苦界《くがい》に身を沈めた女たちは、世間の冷たい目にさらされる故郷には帰れません。年季が明けた後の暮らしまで考えて働いているんです」

「それはたしかに、そのとおりだが」

じっと喜六を見つめて、邦造が告げた。

「名主さん、私は、見崎屋さんの前で客引きしないように指図することは約束します。それ以上のことは、ご勘弁願います」

頭を下げた邦造を、喜六は無言で見つめた。

邦造の言うとおりだった。

客引きするのは足洗い女たちであって、邦造ではない。

足洗い女たちに見崎屋さんの前で客引きをするな、と指図することはできても、客引きするのは止められない、というのは本当のところだろう。

（これ以上、話しても時を無為に過ごすだけだ）

判じた喜六は、邦造との話を終え、興津屋から引き揚げた。

その足で訪ねた恵比須屋の主人仁平《にへい》との話し合いも、興津屋邦造と同じようなものだった。

（どうすれば、足洗い女たちに客引きをやめさせることができるのか。よい知恵が浮かばない）

そう思いながら、喜六は恵比須屋を後にした。

六

恵比須屋を出た喜六は、見崎屋に顔を出した。

表戸を開けて、声をかける。

奥から出てきたお弓が、表戸の向こうに立っている喜六に気づいた。

「やっときてくれたんですね。入ってくださいな」

声をかけ、奥へ向かって呼びかけた。

「おっ母《か》さん、名主さんだよ」

「入らせてもらうよ」

笑みを浮かべて、喜六は足を踏み入れた。

客間で喜六とお浜母娘が対座している。

その場は険悪な空気に包まれていた。

興津屋や恵比須屋と話し合ったなかみを喜六からつたえられた途端、お浜が甲高い声を上げた。

「それじゃ、恵比須屋と興津屋は、足洗い女たちが仕事熱心のあまり、うちの前で客引きをしても、それはそれで仕方がない。自分たちには、注意することはできても、客引きのさなか、成り行き上、うちの前に出てきても、抱え主の自分たちにはかかわりない、と言っているんですね。とんでもない話だ」

わきからお弓も声を上げた。

「名主さん、何とかしてください。泊まってくれる人がいなきゃ、あたしとおっ母さんは首をくらなきゃいけない」

困り果てて喜六が応じた。

「首をくるなんて、そんなこと言わないでおくれ。何とかする。約束するよ」

身を乗り出して、お浜が迫った。

「ほんとですね。ほんとに何とかしてくれるんですね。約束してくれるんですね」

お弓が手をついた。

「名主さんを信じています。何とかすると約束してくれますよね」

深々と頭を下げる。

ふたりを見やって、喜六が渋面をつくった。

「わかった。何とかする。約束する。ない知恵を絞り出してみる」

「ほんとですね」

「あっというような手立てを考えてください。お願いします」

相次いでお浜とお弓が声高に言い、再び深々と頭を下げた。

「わかった。わかったよ」

つぶやいて、喜六は大きなため息をついた。

七

伝馬町は四谷御門《ごもん》外にある。

徳川家康が江戸に入国して以来、人馬の用を務めていた大伝《おおてん》馬町《まちょう》と区別するために、四谷伝馬町と呼ばれていた。

旗本の屋敷が上地《じょうち》になり、その跡地を伝馬の助役に用立てるということで、町方の使用が許された土地《ところ》だった。一丁目から三丁目が江戸幕府創世期の寛永《かんえい》年間（一六二四〜一六四四年）までにつくられた古町だったため、新たにできた町であることを示すべく新一丁目と称した。

長二郎と戸張は、信州屋の前に立っている。

六枚の腰高障子が表の出入り口になっている、かなりの規模の店構えだった。

伝馬町は荷車の車輪がきしむ音と、掛け合う人足たちの声で喧噪《けんそう》を極めていた。

馬を牽く人足たちが賑やかに通りを行き交っている。

あちこちで、馬の背からおろした荷を大八車に積み込んでいた。

荷を山積みした大八車を人足たちが牽いて、荷捌き所へ向かってすすんでいく。

周囲を見渡して長二郎がつぶやいた。

「この賑わいも、もうじき終わる。内藤新宿が再開すれば、四谷大木戸の手前で人馬の足は止まることになる」

視線を走らせながら戸張が応じた。

「おれが聞き込んだところでは、信州屋の人足の口入れ先は荷捌き所が中心だということだった。織田は、どんな話を聞き込んできた」

「戸張の聞き込みと同じなかみだ。内藤新宿が再開したら、信州屋の商いは成り立たなくなるかもしれない。もっとも、内藤新宿の問屋場と人足を口入れすると の約定《やくじょう》ができていれば話は別だが」

「喜六さんを通じて問屋場に問い合わせよう。はっきりさせたほうがいい」

「そうだな。それより、おれたちを見張っている男がいる。それも、ふたりだ」

にやり、として戸張がこたえた。

「織田も気づいていたか。おれたちが聞き込みを始めて一刻ほどしてから張りついている。いまも、向かい側の町家の陰からこっちを見ている」

目を向けようとした戸張に、長二郎が告げた。

「見るな」

「なぜだ。引っ捕らえてとっちめよう。誰から指図されて、おれたちを見張っているのか吐かせるんだ」

「気づかぬふりをして、相手の出方を待とう」

訝しげな顔で、戸張が言った。

「その口ぶりだと、誰がやらせているか、見当がついているようだな」

「臑《すね》に傷を持っている者は、自分のことを聞き込んでいる者がいると知ったら、どんな相手か調べたくなるものだ」

屋根に掲げられた〈口入稼業　信州屋〉と書かれた看板を見上げて、戸張がつぶやいた。

「なるほど、そういうことか」

不敵な笑みを浮かべて、長二郎が話しかけた。

「そろそろ引き揚げよう」

「もう聞き込みはいいのか」

「聞き込んでも、新たな話は出てこないだろう。張り込んでいる二ヶ所へ向かおう。内藤新宿に入ったら二手に分かれ、おれは与兵衛、戸張は太七のところへ行くのだ」

うむ、とうなずいて戸張が応じた。

「まず、おれたちを見張っている奴が、つけてくるかどうかを見極める。つけてこなければ、伝馬町のなかだけの話、ということになる。つけてきたら、おれと織田が行き着いた先を見届けるだろう。張り込んでいることも男たちに知られる」

「様子を、あからさまに見せつけるのだな。つけてきた連中は、おれたちが与兵衛と太七を調べていることを、見張るように命じた相手に知らせるはずだ。命じたのが信州屋なら、与兵衛や太七に、おれたちに張り込まれている、と知らせるに違いない」

「そうだろうな。与兵衛はともかく太七は、見張られているということを知ったら、それなりのことを仕掛けてくるはずだ。刃物三昧《ざんまい》の沙汰《さた》になるかもしれぬな」

「そうなれば、しめたものだ。相手から仕掛けられた喧嘩だ。仕掛けてきた相手を捕らえて、締め上げても誰からも文句は言われない。身に降りかかる火の粉を払っただけのことだ」

いったんことばを切った長二郎が、ことばを継いだ。

「さて、内藤新宿へもどるか。男たちがつけてきても、後ろを振り向かないようにしよう。気づかないふりをするのだ」

「委細承知。そろそろ行くか」

「そうしよう」

肩をならべて、長二郎と戸張が歩き出した。

第五章　面皮を剝《は》ぐ

一

内藤新宿にもどる道すがら、戸張が長二郎に話しかけてきた。

「つけてきている。おれたちがどこへ帰るか突きとめるつもりだな」

「信州屋について聞き込みをしていたら、おれたちを見張る奴が現れた。男たちに見張るように命じたのは、おそらく信州屋だ」

「まず間違いない」

「とりあえず相手が動き出した。おれたちが聞き込みをかけていることが気になっているということを、自ら明かしたようなものだ」

「焦った信州屋が、早手回しにおれたちをつけさせたことが、おれたちに手がかりを与えるきっかけになった。そういうことか」

「そうだ。中川たちや後藤が張り込んでいるところには行かないで、問屋場に向かおう。おれたちが何者か、信州屋たちに教えてやるのだ」

そのことばに戸張が不敵な笑みを浮かべた。

「おもしろい。中川たちは暮六つを過ぎたら、張り込んでいるところから引き揚げるだろう。おれたちが内藤新宿の問屋場にかかわりがある者だと知ったら、信州屋はさぞ驚くだろうな」

「つけてくる連中から報告を受けた信州屋は、問屋場にかかわりがあるふたりの武士が自分のことを調べていると、与兵衛や太七に知らせるだろう。ふたりは必ず何らかの手を打ってくるはずだ」

「どんなことを仕掛けてくるか楽しみだ」

長二郎が応じた。

「いままでおれたちは与兵衛と太七しか見張っていない。稲毛屋は、『中馬は厄介な相手だ。内藤新宿の中馬の頭格木賊屋も張り込んだほうがいい。信州屋は屋号から推測して信州の生まれだろう。中馬をやっている者は信州の出。信州つながりで何か企んでいるかもしれない』と言っていた」

「稲毛屋は、おれたちより内藤新宿の内情にくわしい。木賊屋を張り込むべきだろうな」

うむ、とうなずいて、長二郎が告げた。

「今日のところは、気づかぬふりをして、つけてくる奴らのやりたいようにやらせておこう」

「そうしよう。問屋場に着いたら、なかからつけてくる連中の顔を拝ませてもらおう。次に会ったときに、思いっきりとっちめてやるためにな」

軽口をたたいた戸張に、長二郎が言った。

「とっちめるのはいいが、気を失う手前でやめておけよ。それにしても剣の修行を積んで、気配を察知することが身についているおれたちをつけるなんて、身の程知らずも甚《はなは》だしい」

「たしかに」

応じて戸張が、にやり、とした。

問屋場へ長二郎と戸張が入っていった。

町家の外壁に身を寄せて、遊び人風のふたりの男が長二郎たちを凝視している。


問屋場の一室、窓の前に長二郎と戸張が立っている。

窓の障子を細めに開けた戸張が、通りをはさんで向かい側の建屋の外壁に身を寄せて、問屋場を見張る男たちを窺《うかが》っている。

傍らに立つ、長二郎が話しかけた。

「おれにも、つけてきた連中の顔を見せてくれ。どこで会うかわからぬ。この目に焼きつけておきたい」

「わかった」

戸張が躰を横にずらした。

窓辺に寄った長二郎が、障子窓の隙間からふたりに目を注いだ。

二

往来する人馬が途絶えたのを見届けて、長二郎と戸張は問屋場を出た。

喜六の屋敷へ向かって歩き出す。

「しつこい奴らだ。まだつけてくる」

腹立たしげに戸張がつぶやいた。

「道行く人が少ない。屋敷に入ったとみせかけて、引き揚げていく連中をつけるか」

小声で応じた長二郎に、戸張が告げた。

「おれがつける。雇い主のところへ報告に行くはずだ。誰がおれたちをつけさせたかたしかめてやる」

「やっと手がかりがつかめそうな相手に出くわしたんだ。もう少し泳がせておきたい。くれぐれもたしかめるだけにしてくれ」

「心配するな。短気なところのあるおれだが、我慢できないほど腹を立ててはいない。そのあたりのところは心得ている」

笑みをたたえて戸張がこたえた。

喜六の屋敷を見つめていたふたりの男が、顔を見合わせてうなずき合った。

踵《きびす》を返して、立ち去って行く。

表門の潜り戸が開けられ、身を低くして戸張が出てきた。

開けた潜り戸から身を乗り出すようにした長二郎が、ふたりをつけていく戸張を凝然と見つめている。

勝手の板敷の一画で、中川たちは晩飯を食べている。

土間に通じる裏戸が開けられた。

食べるのをやめて、中川たちが一斉に目を向ける。

足を踏み入れて、長二郎は問いかけた。

「帰りが遅かったのか」

笑みを浮かべて、中川がこたえた。

「暮六つには引き揚げるつもりでしたが、つい遅くなって。太七のところは動きがありません」

横から後藤も声を上げる。

「与兵衛は屋敷から出てきません」

板敷に歩み寄った長二郎に、中川が声をかけてきた。

「御頭に喜六さんからの伝言があります。話があるので、居間に顔を出してくれ、ということです」

訝しげな顔をして、中川はことばを重ねた。

「戸張さんは？」

自分の箱膳が置かれているところに座りながら、長二郎が応じた。

「聞き込みをかけた伝馬町から、ふたりの男につけられた。ここに入ったとみせかけて様子を窺っていたら、男たちは引き揚げていった。戸張は男たちの跡をつけている」

そのことばに、一同が気色ばんだ。

「何か新しいことがわかったのですね」

と大塚が言い、

「敵の手がかりがつかめたのですか」

訊いてきた松村に、長二郎がこたえた。

「そうだ。戸張のつかんできた事柄次第では、探索の段取りが変わるかもしれない。明日の朝、稽古のときにつたえる」

一同が無言でうなずいた。

三

晩飯を食べ終えた長二郎は、喜六の居間へ向かった。

声をかけ襖を開けた長二郎は、喜六の傍らに座っているお咲と義松に驚いて、思わず目を見張った。ふたりがいるとは、予想もしていなかったからだ。

向かい合って座った長二郎に、お咲がいきなり切り出した。

「先生、いつ義松に、学問と剣術の指南をやってくれるんですか」

つっけんどんなお咲の物言いが気になったのか、喜六が、ちらり、と長二郎に目を走らせた。

その視線をやんわりと受け止めた長二郎が、お咲と義松を見やって微笑んだ。

「再起衆の仕事にかまけて、いつ指南するかつたえていなかった。いつにしようか」

首を傾げた長二郎に、じれたようにお咲がたたみかけた。

「今、決めてください」

申し訳なさそうに喜六が割って入った。

「わしが織田さんと会うと言ったら、お咲と義松が『お願いしたいことがある』と言い出してきかないんですよ」

きかぬ気性のお咲に、喜六は手を焼いている。そのことを、長二郎は察していた。

笑みをたたえてうなずいた長二郎が、お咲と義松に目を向ける。

「お咲ちゃんの言うとおりだ。この場で、いつ学問と剣術の指南するか決めよう」

目を輝かせて、義松が訊いてきた。

「いつから指南してくれるの」

「再起衆の仕事に出かける前、朝早く指南することになる。それでもいいかな」

応じた長二郎に、

「それでいいです。いつも早起きしてるから」

うれしそうに義松がこたえた。

微笑んだお咲が、声を上げた。

「よかったね、義松。指南してもらえるよ」

笑みを浮かべて、安堵したように顔を見合わせるお咲と義松の様子に、長二郎

はふたりが、

(指南してもらえないかもしれない、と心配していたのだろう)

と判じていた。

「明後日の朝、学問の指南をする。その三日後に剣術の稽古、さらに三日後に学問、それから三日後に剣術の稽古をする。その後、よほどのことがないかぎり、三日めに学問、さらに三日後に剣術と指南していく」

「三日ごとに学問、剣術、学問、剣術と繰り返す。そういうことですね」

「そうだ。明後日までに、いままで学んだことを復習しておいてくれ」

告げた長二郎に、

「ご承知いたしました」

とこたえて、義松が大きくうなずいた。

お咲が微笑んで義松を見つめる。

そんな義松とお咲を、愛おしそうに喜六が目を細めて見守っていた。

四

お咲と義松が居間から出て行くのを見届けて、喜六が口を開いた。

「困っていることがあります。相談に乗ってもらいたいのですが」

「話を聞きましょう」

応じた長二郎に、

「平旅籠屋の見崎屋と、両隣にある旅籠屋興津屋、恵比須屋との間で、揉め事が起きそうです。見崎屋はお浜、お弓母娘が中心になって切り盛りしています」

見崎屋は内藤新宿が宿場として開かれたときから廃駅になるまで、平旅籠屋をやっていた。廃駅になって、旅籠屋としての商いが成り立たなくなったため煮売屋に商売替えしたが、内藤新宿が再開されるにあたって、再び平旅籠屋を始めたこと、お浜の亭主は喜六とともに内藤新宿再開のため動き回っていたが、病にかかり急死したこと、興津屋と恵比須屋の抱える足洗い女たちが、見崎屋の前まで出てきて客引きをしたら、女子供が泊まることが多い見崎屋に客が入りにくくなるとお浜、お弓が心配していることなどを話した後、喜六がつづけた。

「足洗い女たちが見崎屋の前まで出てきて、客引きしないように手配りしてほしい、とお浜母娘から頼まれたんですが、どうにもよい知恵が浮かばなくて困っています。どうしたらいいか、知恵を貸していただきたい」

首を傾げて、長二郎がこたえた。

「そう言われても、すぐにはよい知恵が浮かびません」

「それは、困りました」

ため息をついて、喜六がことばを重ねた。

「とにかく明日、私と一緒に見崎屋に行っていただけませんか」

「同道します。どうしたらいいか、一晩考えさせてください」

長二郎が応じた。

五

勝手の板敷で、長二郎は戸張の帰りを待っていた。

いつも戸張が座る場所の前には、晩飯の箱膳が置いてある。

深更四つ（午後十時）過ぎに、戸張は帰ってきた。

勝手口の戸障子を開けて足を踏み入れた戸張に、長二郎は声をかけた。

「思ったより早かったな」

板敷に歩み寄りながら、戸張が応じた。

「奴らはつけているおれに最後まで気づかなかった。警戒することもなく、雇い主のところへ入っていった」

板敷に上がった戸張が、いつもの場所に歩み寄る。

座りながら、告げた。

「ふたりが入ったのは信州屋だ。小半時ほど見張っていたが、奴らは出てこなかった」

「これで、おれたちの実体が信州屋につたわったな。聞き込みをしていたおれたちのことが気になって、男たちにつけさせた信州屋だ。まず間違いなく何らかの手を打ってくるだろう」

応じた長二郎に、無言で顎を引いて、戸張がつづけた。

「腹が減った。さあ食うぞ」

箱膳の蓋をとり、箸を手にして晩飯を食べ始めた。

食べ終えて、からになった飯碗や菜が載っていた皿を、戸張が箱膳にしまっている。

片づけ終えた戸張に、長二郎は話しかけた。

「おれが義松ちゃんの学問や剣術の指南をしていたことは知っているだろう。これから先も、義松ちゃんの指南はつづけていくと決めているのだ」

笑みをたたえて、戸張が言った。

「義松ちゃんは将来、内藤新宿の名主になることが決まっている、高松家にとっては大事な跡取りだ。宿場の問屋役にもなるかもしれぬ。しっかり指南してやってくれ。おれもできうるかぎり助力する」

微笑んで、長二郎が告げた。

「ありがたい。そのことばに甘えて、頼みたいことがある」

「何だ」

「義松ちゃんを指南している間、戸張に再起衆の差配をまかせたい。引き受けてくれるか」

「承知した」

二つ返事で戸張は応じた。

「よろしく頼む」

長二郎が頭を下げた。

「水くさいことをするな。養心館道場の竜虎といわれた織田とおれだ。遠慮は無用。死なば諸共の仲だと思っている、と言いたいところだが、実は」

「実は、何だ」

「内藤新宿の再起衆にならないか、と誘われたとき、一瞬、おれは迷った」

「迷った？」

「町人に雇われるなど武士の面目にかかわること。そんな思いがよぎったからだ。が、すぐに考えが変わった。再起衆になって、町人たちの暮らしに馴染むことができたら、新たな世界が見えるかもしれない。いまのところ徳川家による江戸幕府が覆ることはないだろう。いくら剣の腕を磨いても、戦でも起きないかぎり役に立たない無用の技だ」

「剣は無用の技か」

「そうだ。町人の暮らし、考え方に慣れて、商いの術を習得したら、商売を始め、店を持ちたい。形は違うが、大店をつくり上げれば、おれは一国一城の主になることができる」

「以前からそんな気持があったから、算術を学んだのか」

「そうだ」

こたえた戸張をじっと見つめて、長二郎が言った。

「いいことだと思う。おれは、まだ、武士を捨てきれない。武士として、世のなかの役に立つことができるかもしれない、そんなことを考えている」

見つめ返して、戸張は告げた。

「織田はおれと違う。偉大な御先祖様から延々とつながる血脈が、武士を捨てることを許さないのだ。いわば織田の宿命みたいなものだ。再起衆として、さまざまな揉め事を落着していくことで、武士として生きる道が見つかるかもしれないな」

「いまは日々、目の前で起こっていることにどう対処していくか、それだけで精一杯だ。ただ、おのれの誠を尽くしてやり抜くしかない」

「おれも同じだ」

見つめ合ったふたりが、無言で強くうなずき合った。

しばしの沈黙があった。

口を開いたのは長二郎だった。

「明日、喜六さんと一緒に平旅籠屋の見崎屋へ行く。頼まれたことがあるのだ」

「後はまかせてくれ」

唇を真一文字に結んで、戸張が応じた。

六

池の畔《ほとり》に広がる空き地で、長二郎たち再起衆の面々が、剣術の稽古に励んでいる。

周囲に茂る木々の、空き地近くの大木の後ろに身を寄せた義松とお咲が、激しく木刀をぶつけあう長二郎と戸張を、食い入るように見つめている。

鍔《つば》迫《ぜ》り合いの形をとって身を寄せてきた戸張が、長二郎に小声で言った。

「熱心なものだ。義松ちゃんが見ている。お咲ちゃんという付き添いつきだ。模範試合のつもりでやるか」

「本気でやろう。そのほうが義松ちゃんのためになる」

「容赦はせぬぞ」

「望むところだ」

裂帛《れっぱく》の気合いを発して飛び離れたふたりに、まわりで稽古をしていた大塚たちは動きを止め、遠巻きになった。

打ち合っては離れ、再び打ち合う。

ぶつけ合うたびに、木刀が乾いた甲高い音を発して、あたりに響き渡った。

大木の後ろから身を乗り出して、義松が凝視している。

激しく打ち合ったふたりは、再び左右に飛んで後退《あとじさ》った。

身じろぎもせず大塚たちも見つめている。

躰を硬くして見据えている義松が、無意識のうちに下唇を嚙みしめ、拳《こぶし》を握りしめた。

稽古を終えた長二郎たちは木刀を脇に置き、車座になっている。

今日の探索について話し合っていた。

稽古が終わると同時に、大木の陰から義松とお咲が立ち去ったのを、長二郎は横目で見届けている。

昨日、伝馬町の信州屋に聞き込みをかけたら、ふたりの男に跡をつけられたことなどを一同に話した後、面々に目を走らせて、長二郎は告げた。

「戸張は今日から新たに見張る木賊屋を、後藤は与兵衛を、中川と大塚は太七の住まいの表を、松村は裏を張り込んでくれ。朝飯を食したら、すぐ出かけてもらいたい。おれは喜六さんとともに、旅籠屋と平旅籠屋の、諍《いさか》いになりそうな一件を落着すべく動かざるを得ない。おれが別件で動いているときは、戸張の指図にしたがってもらう」

「聞いての通りだ。よろしく頼む」

声を上げた戸張を見やって、一同が無言で大きくうなずいた。

張り込みに出かける戸張たちを見送った長二郎は、喜六の居間へ向かった。

昨夜、思いついたことをつたえるためであった。

廊下から声をかけて襖を開けると、喜六はすでに出かける支度をととのえて待っていた。

顔を見るなり笑みを浮かべて、喜六が声をかけてきた。

「義松が驚いていました。『先生と戸張さんの稽古を見た。動きが速くて、目にもとまらぬようだった。修行すれば、ああなるんだな、と思った。みなさんと一緒に稽古して強くなるんだ』と目を輝かせていましたよ」

向かい合って座りながら、長二郎が応じた。

「それはよかった。模範試合のつもりでやろうと戸張が言い出して、始めたことです」

「私も見とうございました」

「いずれ再起衆みんなで勝ち抜き戦をやるつもりです。そのときに是非見てください」

「楽しみにしております」

目を細めた喜六が、

「そろそろ出かけましょうか」

腰を浮かせた。

「その前に話があります」

「話？」

鸚鵡返しをした喜六に、長二郎が応じた。

「昨夜一晩考えて、見崎屋の前で足洗い女たちが客引きをしなくなりそうな手立てを思いつきました」

座り直して、喜六が訊いてきた。

「どんな考えか。教えてください」

喜六は身を乗り出した。

七

半時（一時間）後、長二郎と喜六は平旅籠屋見崎屋の一間にいた。

向かい合って座るなり喜六は、値踏みするような眼差しで長二郎を見つめているお浜とお弓に気づいた。

素知らぬ風を装って、声をかける。

「内藤新宿の治安を守るために組織した再起衆の頭、織田長二郎さまだ」

向き直った喜六が、長二郎にことばを重ねた。

「織田さま、見崎屋の主の、お浜さんと娘のお弓さんです」

ふたりに視線を向けて、長二郎が言った。

「再起衆の織田長二郎です。面倒なことがあったら、何でも遠慮なく話してください。いつでも相談に乗ります」

いきなりお浜が声を上げた。

「厄介事は山ほどあります。そのなかでも一番気がかりなことを、名主さんにくわしく話してあります」

顔を喜六に向けて、お浜がことばを継いだ。

「そうでしたよね、名主さん」

「聞いている」

短くこたえて、喜六は長二郎に向き直った。

「お浜さんの亡くなった旦那は、内藤新宿に再び宿場を開こうとして、私と一緒に走り回ってくれました。何でも話し合える親しい間柄だったんです。見崎屋さんは、以前の内藤新宿開設のときから平旅籠屋をやっていた、いわば生え抜きともいうべき平旅籠屋でもあります。いまは母娘で平旅籠屋を切り回さなければいけない。とにかく一所懸命なんです」

申し訳なさそうに長二郎に言い、今度はお浜を見つめて告げた。

「両隣の旅籠屋で抱える足洗い女たちが、見崎屋さんの前で客引きをしないようになりそうな手立てを、織田さまが考えてくださった。どんな手立てか、織田さまが話してくださる」

「与太話じゃないでしょうね。そんな手立てがあるなんて、とても考えられない」

嫌みな口調でお浜が吐き捨てた。

いきなりお弓が声を上げた。

「おっ母さん、そんな言い方しないで。織田さまが考えたことを聞く前に何なの。織田さまが気の毒」

見つめて、お弓がつづけた。

「ごめんなさい、織田さま。気を悪くしないでくださいね」

微笑みを向けた。

「大丈夫です。気にしてません」

笑みを返した長二郎に、

「よかった。おっ母さんは口は荒いけど、根は優しいんです」

瞬《まばた》きして、お弓が目を伏せた。

ちらり、とお弓に視線を走らせて、お浜がつぶやいた。

「何を言ってるの、お弓。わけがわからないよ」

視線を移して、お浜がことばを継いだ。

「織田さま、話してくれますか」

「見崎屋さんの軒下に、〈内藤新宿再起衆立ち寄り所〉と墨書した札を掲げさせてもらいたいのです。札を掲げてもらえれば、一日数回、私か再起衆の誰かが見廻りにきて、足洗い女たちが見崎屋の前で客引きをしないように取り締まります。また見廻ることで宿場の安穏も保てます」

「札を掲げるのはかまわないし、見廻ってもらうのはありがたいけど、ほんとに足洗い女たちが客引きするのを止められるのかね」

割って入るようにお弓が声を高めた。

「止められる。大丈夫。絶対足洗い女たちは客引きしなくなる。織田さまが考えたことだもの。あたし、信じてる」

うっとりしたように見つめるお弓の視線に、当惑して長二郎が目をそらした。

(この目つきは何だ。まさかお弓ちゃん、織田さんに一目惚れでもしたのかな。しかし、そんなことがあるなんて、にわかには信じられない)

胸中でつぶやいた喜六が、戸惑いをあらわにお浜を見やった。

その視線を受けとめてお浜が、大きくため息をついた。

「お弓、わかったよ。織田さまを信じて、おまかせしましょう」

「そうよ。まかせればいいのよ」

顔を向けて、お弓がつづけた。

「よかった。織田さま。よろしくね」

頭を下げたお弓に、長二郎が応じた。

「ありがとう、お弓さん」

視線を移して、ことばを継いだ。

「お浜さん、再起衆立ち寄り所の札、宿場開きの前につけさせてもらいます」

会釈した長二郎に、喜六が告げた。

「とりあえずは一件落着ですね。引き揚げましょうか」

無言で、長二郎がうなずいた。

第六章　同じ穴の狢《むじな》

一

見崎屋を出た長二郎と喜六は、問屋場へ向かった。

問屋場には、稲毛屋が詰めているはずだった。

昨日、信州屋に聞き込みをかけた後に起きたことを話し、稲毛屋がどのような判断をするか訊きたい、と長二郎は考えている。

問屋場に着くなり、長二郎は下役のひとりに声をかけた。

「再起衆の織田だが、稲毛屋さんは顔を出しているか」

「再起衆の詰所で調べ物をしていらっしゃいます」

喜六も話しかけた。

「わしも再起衆の詰所に行く。今日は問屋役たちに会わずに引き揚げるかもしれない。いまのところ、わしが顔を出したことは伏せておいてくれ」

「わかりました」

下役がこたえた。

再起衆の詰所としてあてがわれた部屋で、長二郎は喜六や稲毛屋と円座を組んでいる。

口入れ屋信州屋について聞き込みをかけていたら、遊び人風の男ふたりにつけまわされ見張られたこと、男たちは内藤新宿までつけてきたので、とりあえず問屋場に寄ったこと、その後、喜六の屋敷に帰るまでつけてきたので、策を講じて戸張が屋敷に入ったとみせかけ、今度は男たちをつけていったこと、ふたりは伝馬町の信州屋へもどっていったことなどを、長二郎は稲毛屋たちに話しつづけた。

ふたりは、口をはさむことなく聞き入っている。

話し終えた後、長二郎が言い足した。

「先日、稲毛屋さんから忠告されたとおり、今日から木賊屋も張り込むことにしました。戸張が見張っています」

稲毛屋が応じた。

「それでいい。織田さんたちをつけさせたのは信州屋だと判明したのだ。信州つながりで、木賊屋と信州屋が裏で手を結んでいてもおかしくない。疑念を抱いた相手は、とことん調べるべきだ」

「私も、そう思います」

それが癖の、皮肉な笑みを浮かべて、稲毛屋が告げた。

「ここ数日、再起衆の詰所に入りこんで、問屋場の様子を探ったが、疑わしい動きをしている奴は見つからない。それで一計を案じることにした」

「一計とは」

問いかけた長二郎に、稲毛屋が、

「おれが問屋場のあちこちで『再起衆の面々が、誰が入り銭、出銭を取り立てているか目星がついた、と言っていた』と話しまくる。問屋場のなかにいる、角筈村に気脈を通じている者がその話を聞いたら、どうすると思う」

逆に訊き返してきた。

「何らかの動きをするはずです」

「例えば、どんなことをするだろう」

「太七たちが信州屋と会ったように、どこかで密会するのではないでしょうか」

こたえた長二郎に、稲毛屋が応じた。

「多分、そうするだろう。それも、内藤新宿から離れた江戸府内のどこかでな。文のやり取りは再起衆に奪われるおそれがある。何しろ、入り銭、出銭を取り立てているのが誰か見当をつけている再起衆だ。どこで見張っているかわからない、と勘ぐるはずだ」

喜六が口をはさんだ。

「府内へ用があると理由をつけて、角筈村の与兵衛や太七とつなぎをつけられる相手と会う。その相手は、おそらく信州屋だろう」

「私も、そう思います」

割って入るように稲毛屋が声を上げた。

「つなぎ役に木賊屋を使う手もある」

首を傾げて、喜六がつぶやいた。

「問屋場のなかにも、木賊屋と付き合いがある者がいるかもしれぬな」

うむ、とうなずいて、長二郎が顔を向けた。

「稲毛屋さん。いま聞いた一計を、直ちに実行に移してください。私は口裏を合わせます」

「わかった。すぐ始めよう。おもしろくなってきたぞ」

稲毛屋が、人を小馬鹿にしたように鼻先で笑った。

二

木賊屋は、上宿《かみじゆく》にある。

大胆にも戸張は、木賊屋と隣家の間にある通り抜けに身をひそめて、横目で人の出入りに目を注いでいる。

張り込む場所を、そこに決めたのには理由があった。

いつものことだが、荷を運ぶ人馬の群れが途切れなくつづいている。

通りをはさんで見張っていると、つらなる人馬が邪魔になって、木賊屋へ出入りする者を見落とすおそれがあった。

歩いてきた馬が、通り抜けの前で糞を垂れた。

地面に落ちて、盛り上がった糞から異臭が漂ってくる。

鼻をつまんだ戸張の目前を、男が通り過ぎた。

思わず顔をしかめ、
瞬間、戸張は目を見張った。

顔に見覚えがあった。

昨日、戸張と長二郎をつけてきた、遊び人風のふたりのうちのひとりだった。

一挙手一投足も見逃すまいと、戸張が目を注ぐ。

男は、木賊屋へ入っていった。

(木賊屋と信州屋がつながった)

予測していたとはいえ、見届けた事柄に、戸張はこころで快哉《かいさい》を叫んでいた。

凝然と、木賊屋の表戸を見据えている。

小半時（三十分）ほどして、木賊屋と思われる、四十そこその、色黒で薄い眉、細い目、低い鼻、薄い大きな唇の四角い顔の男が出てきた。ずんぐりと太っている。

つづいて出てきたのは、つけてきた遊び人風の男だった。

よほど急いでいるのか、せかせかした足取りで歩いていく木賊屋らしい男に、一歩遅れてつけてきた男がついていく。

その動きで、ふたりの上下関係が推断できた。

(つけるか。それとも、このまま木賊屋を張り込みつづけるか)

胸中でつぶやいて、戸張は首を傾げた。

三

「調べたいことがあるので」

と言い、問屋場に残った喜六と分かれて、長二郎は木賊屋へ向かった。

木賊屋に着いたが、張り込んでいるはずの戸張の姿は見当たらない。

(どこへ行ったのだろう)

思案した長二郎は、

(いずれもどってくる)

そう判じて、張り込む場所を求めて、ぐるりを見渡した。

絶え間なく荷を運ぶ人馬がつづいている。

（この混雑ぶりでは、通りをはさんで見張ったら、木賊屋に出入りする者たちを見落とすかもしれない）

そう考えて長二郎が選んだのは、偶然にも戸張が張り込んでいた通り抜けだった。

通り抜けの出入り口から少し入った、ぎりぎり木賊屋の表を見張ることができる、人目につきにくいところに長二郎は身を置いた。

隣の家の外壁に、背中をもたれて、木賊屋へ目を向ける。

暮六つ（午後六時）を告げる時の鐘が、風に乗って聞こえてきた。

信州から荷を運んできた馬が二頭、木賊屋の前に設けられた杭につながれている。馬を牽いてきた人足は、木賊屋に泊まっているのだろう。

それぞれ大きな布袋をふたつ抱え、尻《しり》からげした男がふたり、成木道を中野のほうから歩いてくる。

見たことのない顔だった。

遠方から荷を運んできた人足たちのほとんどは、荷の集積場になっている伝馬町の安宿に泊まっている。

が、なかには、内藤新宿の中馬や馬宿に泊まる者もいた。そんな人足たちの何人かは町をぶらついたりしている。

歩いてくるふたりは出で立ちからみて、人足たちとは明らかに違っていた。

長旅をしてきた人足たちが身につけているものは、土埃《つちぼこり》を浴びつづけて汚れている。

近づいてきたふたりの小袖は、こざっぱりした、きれいなものだった。

ふたりは、木賊屋の前で立ち止まった。

長二郎が目を凝らす。

ひとりが表戸に手をかけて開けた。

入っていく。

もうひとりがつづき、表戸が閉められた。

(中馬の客か。荷を運んできた人足とも思えぬが)

首をひねった長二郎は、あたりを見渡した。

その目が大きく見開かれる。

甲州街道と成木道の分岐でもある追分のほうから、ふたりの男が歩いてくる。

ふたりとも、先ほど木賊屋へ入っていった男たちと同じように、大きな布袋をふたつずつ抱えていた。

長二郎の目が、木賊屋へ向かってくるふたりに注がれている。

ふたりは木賊屋の前で足を止めた。

ひとりが表戸に手をかけて開けた。

なかへ入っていく。

つづいて入ろうとした男が、石にでもつまずいたのか、転倒した。

抱えていた布袋が地面に落ちる。

その拍子に、多数のびた銭が、布袋からあふれ出て散乱した。

長二郎が瞠目《どうもく》する。

(布袋のなかみはびた銭。それもかなりの数。あのびた銭、どこで集めてきたのか)

はっ、と気づいて長二郎は胸中でつぶやいた。

(取り立ててきた入り銭、出銭かもしれない。しかし、まさか)

さらに目を注ぐ。

先に入っていった男がもどってきた。

ふたりであわてて、びた銭を拾っている。
片っ端から、布袋に放り込んだ。
布袋にびた銭を入れ終えた男たちは、それを抱えて木賊屋へ入っていった。
閉められた表戸を、長二郎が見据えている。

四

ほどなくして、木賊屋と思われる男が帰ってきた。
一歩後ろからついてくる男がいる。
男の顔に見覚えがあった。
伝馬町からつけてきた男のひとりだった。
その後方へ視線を流した長二郎は、驚いて目を見張った。
町家の軒下、外壁に沿うようにして戸張が歩いてくる。
前を行くふたりを、つけているのは明らかだった。
木賊屋とおぼしき男と、遊び人風の男が木賊屋へ入っていく。
(戸張は、いま入っていったふたりをつけていって、張り込んでいるはずの場所

にいなかったのか）

胸中でつぶやいて、長二郎は戸張に視線を移した。

やってきた戸張は、ちらり、と木賊屋の表戸に目を走らせたが、立ち止まることなく歩いてくる。

（このまますすんできたら、通り抜けの前を通ることになる）

判じた長二郎は、あえて通り抜けから出ようとはしなかった。

通り過ぎそうになったら声をかければいい、と考えたからだった。

が、その予測はものの見事に外れた。

いきなり戸張が、通り抜けの前で足を止めたのだ。

向きを変えて入ろうとした戸張と長二郎が、鉢合わせした格好になった。

驚いた戸張に、長二郎が、入ってこい、といわんばかりに顎をしゃくって後退った。

足を踏み入れた戸張が、小声で声をかけてきた。

「さっき木賊屋へ入っていったふたりをつけていった。ふたりは太七の家へ行き、半時ほどいてもどってきたのだ。したがっていた奴は、昨日、おれたちをつけてきた男たちのうちのひとりだ。先に立って歩いていたのは、おそらく木賊屋だろう」

にやり、として長二郎が応じた。

「太七のところへ出かけたのか。遊び人風の男の片割れが木賊屋へやってきた。たぶん信州屋から命じられたのだろう。問屋場にかかわりがありそうな侍がふたり、伝馬町にやってきて自分のことを聞き込んでいた、ということを知らせるためによこしたのだ。これで、信州屋と木賊屋、太七がつながったわけだ。ところで、おれにも話がある」

「どんな話だ」

訊いてきた戸張に、

「先ほど大きな布袋を抱えたふたり連れの男が、一組は成木道から、一組は追分のほうから相次いで帰ってきた。追分のほうから帰ってきた組のひとりが木賊屋へ入ろうとして、何かにつまずいて転んだ」

男が抱えていた布袋から、びた銭があふれ出て散乱したこと、散らばったびた銭を拾い集めて布袋に入れたことなどを、長二郎は戸張に話して聞かせた。

息を呑んで聞き入っていた戸張が、身を乗り出すようにして問いかける。

「そのびた銭、取り立てた入り銭、出銭かもしれないな」

「そうかもしれぬ。だが、何の証もない」

応じた長二郎に、戸張が告げた。

「布袋に入れたびた銭を抱えて帰ってきた男たちが出てくるかもしれぬ。このまま張り込もう」

「そうしよう」

こたえて長二郎が強く顎を引いた。

五

何の動きもないまま、半時（一時間）ほど過ぎた。

通り抜けで見張っている長二郎の目が、突然大きく見開かれた。

後ろで町家の外壁にもたれて腰を下ろしている、戸張に声をかける。

「出てきたぞ」

ふたりは交代で見張ることにしていて、見張り役が長二郎に代わったばかりだった。

「何だって。休んだばかりだ。ついてない」

ことばとは裏腹に、戸張は跳ねるように立ち上がった。

長二郎の肩越しに、木賊屋へ目を注ぐ。

木賊屋らしい男につづいて長二郎たちをつけてきた男、さらに布袋を抱えた四人の男が表戸から出てきた。

遊び人風の男と木賊屋らしい男が、何やらことばを交わしている。

木賊屋とおぼしき男に頭を下げて、遊び人風の男が向き直った。

通り抜けに向かって歩いてくる。

「こっちへくる」

「奥へ入って、身を低くしよう」

ほとんど同時に戸張と長二郎が小声で告げ合った。

つけてきた男が、通り抜けの前を通り過ぎていく。

姿が見えなくなった。

長二郎が戸張にささやく。

「帰り着く先は信州屋だろう。あの男はつけなくていい」

「そうだな」

「木賊屋らしい男たちをつけよう。したがっている男たちは布袋を抱えている。

あの布袋をどこかに届けるのだろう」

「おれもそう思う。行こう」

応じた戸張が、長二郎の背中を押した。


先を行く木賊屋らしい男と連れに気づかれぬほどの隔たりをおいて、長二郎と戸張がつけていく。

小声で戸張が長二郎に告げた。

「昼間、木賊屋と思われる男がたどった道筋と違う。どこへ行くのだろう」

「いずれわかる。いまのおれたちにできることは、気配を消してつけていく。ただそれだけだ」

応じた長二郎に、戸張は無言でうなずいた。


行く手に木々が生い茂っている。

人が数人行き交うことができるほどの一本道が、林を貫いていた。

木賊屋とおぼしき男としたがう四人は、林の奥へ向かって歩いていく。

長二郎たちは林のなかに入り、木々をつたいながらつけていった。

突き当たったところに、平屋が建っていた。

表戸の前に男がふたり立っている。

いずれも長脇差を腰に帯びていた。

林の外れに立つ大木の後ろに、長二郎たちは身を隠している。

小声で戸張が話しかけてきた。

「賭場《とば》だな」

「太七の賭場かもしれぬな」

応じた長二郎は、立ち番をしている男たちに目を据えている。

やってきた木賊屋らしい男と連れの四人に気づいたのか、立っていた男のひとりが表戸を開けて、なかへ入っていく。

さほどの間を置くことなく、入っていった男とともにふたりの男が出てきた。

その顔を見て、長二郎と戸張は顔を見合わせた。

夕月亭で見かけた手下三人のうちのふたりだった。

手下たちは、木賊屋とおぼしき男に歩み寄り挨拶している。

うなずいた木賊屋らしい男と四人が、手下たちに連れられて賭場へ入っていった。

見つめたまま、長二郎が戸張に声をかける。

「夕月亭で見かけた太七の手下たちだ」

「織田の推測どおり、ここは太七が開帳している賭場のようだな」

賭場に目を据えたまま、戸張がこたえた。

「木賊屋らしい男が出てくるまで、ここで待とう」

「早く晩飯を食いたいが、そうするしかなさそうだな」

うんざりした口調で戸張が応じた。

六

小半時（三十分）ほどして、木賊屋と思われる男と連れが姿を現した。太七と手下ふたりが見送りに出てくる。

挨拶を交わした後、木賊屋らしい男と連れが太七たちに背中を向けた。

太七たちは、しばし見送っている。

木賊屋とおぼしき男と太七の付き合いの深さが、その様子からうかがえた。

遠ざかる木賊屋らしき男としたがう四人を見つめたまま、長二郎が口を開いた。

「布袋を持っていない。木賊屋と思われる男たちは、賭場へびた銭を届けにきたのだ」

長二郎の視線の先を追いながら、戸張が応じた。

「博打《ばくち》を打って、遊んでいたとは思えない。なかにいた間が短すぎる。届けにきたとしか思えない」

「あのびた銭が入り銭、出銭を取り立てたものだとしたら、受け取った太七は入り銭、出銭取り立ての黒幕のひとりということになるな」

聞きとがめて戸張が訊いてきた。

「黒幕のひとりだと。ほかにも、黒幕がいるというのか」

次の瞬間、はた、と気づいて戸張がことばを重ねた。

「そうか。夕月亭で太七や信州屋と会合を持っていた与兵衛も、入り銭、出銭を取り立てている仲間だと織田は見立てているのだな」

「そうだ。与兵衛と太七、信州屋は同じ穴の狢《むじな》なのだ」

こたえた長二郎をじっと見つめ、真顔で戸張が告げた。

「賭場あらしでもするか。多額のびた銭を奪って太七につきつけ『このびた銭の出所はどこだ』と問いつめるのだ」

うむ、とうなずいて、長二郎が応じた。

「びた銭には、入り銭、出銭の銭、との文字は書かれていない。太七に『賭場で使う釣り銭として集めた金だ』としらばくれられたら、それまでだ」

「そのとおりだ。何かいい手はないかな」

首をひねって、戸張は空を見つめた。

長二郎が告げた。

「明日は稽古を休みにして、朝早くから木賊屋を張り込もう。布袋を持って男たちが出てきたら跡をつける。取り立てを始めたら、やっているところを見届けるのだ」

訝しげに戸張が訊いた。

「捕らえないのか」

「入り銭、出銭を取り立てている場所がわかれば、いつでも生け捕りにできる」

「たしかにそうだ」

口調を変えて、長二郎が言った。

「明日は義松ちゃんに学問の指南をする日だ。張り込みの差配を頼みたい。義松ちゃんの指南を途中で放り出すことはできない。おれの矜持が許さないのだ」

「わかっている。まかせておけ」

「指南が終わり次第、合流する」

「承知した」

応じた戸張がことばを重ねた。

「木賊屋らしい男と四人をつけよう。木賊屋に入るまで見届けるべきだ」

「やめておこう。木賊屋とおぼしき男は、太七とつながりがあることははっきりした。この刻限だ。まっすぐ店へ帰るだろう」

にやり、として長二郎がつづけた。

「それより腹が減った。早く帰って、晩飯を食おう」

「おれも同じだ。みんな、おれたちがおかわりできる分ぐらいご飯を残してくれているかな」

「年中腹を空《す》かせている連中だ。そんな心配りをする者はいないだろう」

「そうだろうな。引き揚げるか」

ふたりが微笑み合った。

七

「今日はここまで。次の指南日まで、素読《そどく》を繰り返し、諳誦《あんしよう》できるようにしておくこと。いいね」

論語の教本を閉じて、長二郎が告げた。

向かい合って文机の前に座っている義松も教本を閉じて、膝に手を置いた。

「わかりました。今日はありがとうございます」

深々と頭を下げる。

そんな義松を、長二郎は笑みをたたえて見つめている。

自分の部屋へもどった長二郎は、出かける支度をととのえながら、暁《あかつき》七つ(午前四時)過ぎに出かけていった戸張たちに思いを馳《は》せた。

昨夜、喜六の屋敷にもどった長二郎と戸張は、遅い晩飯を食した後、再起衆の面々を長二郎の部屋に集め、探索の段取りを話し合った。

そのとき、後藤から、

「与兵衛のところには、誰も訪ねてこなかった」

との報告を受けた。

信州屋の使いが太七のところには行き、なぜ与兵衛のところへは行かなかったのか、何か理由があるはずだ。疑問を抱いた長二郎は、後藤には与兵衛を張り込むよう命じた。

戸張、中川、大塚、松村には、木賊屋を張り込むように指図した。

(推測どおり、木賊屋らしい男とともに太七の賭場へ出かけた四人が、入り銭、出銭の取り立て役だとしたら、いま、すでに取り立てにかかっているはず。とりあえず木賊屋へ出かけて、誰もいなければ木賊屋を張り込もう)

そう決めて、長二郎は脇差を帯に差し、壁に立てかけてある大刀に手をのばした。

木賊屋に着いた戸張たちは、昨日、張り込んでいた通り抜けに身を潜めていた。

明六つ（午前六時）前に、それぞれふたつの布袋を手にした四人の男が、木賊屋から出てきた。

店の前で二手に分かれた男たちの一組は甲州街道のほうへ、もう一組は成木道を中野へ向かって歩いていく。

二組の男たちに視線を走らせながら、戸張が告げた。

「甲州街道へ向かう組はおれと松村、成木道を行く組は大塚と中川がつけていき、見張りつづける。何が起きても、手出しはならぬ。背後に誰が控えているか突き止めるまで泳がせておくのだ」

厳しい面持ちで、一同は大きくうなずいた。

第七章　阿吽《あうん》の呼吸

一

出かけようと廊下へ出た長二郎を、後ろから喜六が呼び止めた。

振り返った長二郎に話しかける。

「昨日、稲毛屋から頼まれました。今日、織田さんを問屋場へ連れてきてもらいたい、と申しております。頼み事があるらしい。これから一緒に問屋場へ行っていただけますか」

「それは、しかし」

言いかけて長二郎は黙り込んだ。

(稲毛屋からの急な呼び出し、何か深いわけがあるはずだ。それに、いま木賊屋

へ向かっても、おそらく戸張たちはいないだろう。布袋を持った男たちはきっと出かけている。まず間違いない）

そう判じた長二郎は、喜六に告げた。

「わかりました。行きましょう」

「勝手の板敷で待っていてください。急いで出かける支度をしてきます」

応じて喜六は、背中を向けた。

問屋場の再起衆詰所で、稲毛屋と長二郎、喜六が車座に座っている。

いきなり稲毛屋が切り出した。

「織田さん、今日は問屋役たちの前で一芝居打ってもらいますよ」

「問屋役たちの前で？」

鸚鵡返しをした長二郎に、いつもの皮肉な薄ら笑いを浮かべて、稲毛屋が応じた。

「いえね。私が、再起衆の面々から、入り銭、出銭を取り立てている一味の目星がついた、と聞いたと問屋場のなかで吹聴してまわったら、問屋役が『誰が取り立てているか、直に再起衆頭の織田さんから話を聞きたい』と申し入れてきたんですよ。気になるのか、やけにそわそわしていましたね」

わきから、喜六が問いかけた。

「嘉吉さんに気になる動きでもあるのかね」

神妙な顔をして、稲毛屋が応じた。

「何の証もありません。御上から頼まれて、私が探索まがいのことをやってきたのはご存じですね」

「知っている。いかがわしい噂のある密教まがいの宗教に信者のふりをして潜り込み、悪事の証をつかんで壊滅に追い込む手柄をたてたという話は耳に入っている。もっとも、知る人ぞ知るたぐいの話だがな」


知る人ぞ知る事件の顚末だが……。

稲毛屋は浄土真宗《じょうどしんしゅう》東本願寺《ひがしほんがんじ》派の門徒だった。酒屋三河屋《みかわや》の跡取りの五郎吉《ごろきち》に誘われ、〈隠し念仏〉と呼ばれる新興宗教に通い始めた。

隠し念仏は本願寺の権力主義、幕府との癒着《ゆちゃく》に不満を抱く信徒の集団だった。

教祖格の声色師善兵衛《ぜんべえ》の熱気溢れる法話と異常な済度《さいど》秘儀が、信徒たちを引きつけていた。

（実にいかがわしい）

端からそう推断した稲毛屋は、信者のふりをして入り込み、実態を探り始める。

お救いと称して行われる異常な儀式は、さながら八大地獄の四番目、罪人が業火や熱湯の苦痛に泣きわめく、叫喚《きようかん》地獄であった。

稲毛屋は知り合いの勘定奉行石谷《いしや》淡路守《あわじのかみ》に、善兵衛一味を密訴する。

しかし、そのことが稲毛屋に思いもかけぬ災難をもたらす。稲毛屋も一味のひとりだと疑われ、厳しい取り調べを受けることになったのだ。

憔悴しきった稲毛屋だったが、町奉行所から要請され、小伝馬町牢屋敷へ出頭し、石抱きの責めに呻吟《しんぎん》する一味から話を聞きだして、取り調べに協力する。

結果、稲毛屋は訴人の功により、褒美銀三枚を下されて。一件落着したのだった。

ふたりの話に耳を傾けていた長二郎が声を上げた。

「知りませんでした。それでは稲毛屋さんは、探索することには慣れているんですね」

「慣れた、というほど数はこなしていない。やたら好奇心が旺盛で、調べるのが好きなだけですよ」

こたえた稲毛屋が喜六に目を向けて、ことばを継いだ。

「探索好きの私の勘が、問屋役は何か腹に一物あるのではないか、と教えてくれているだけです」

「勘か。おろそかにできないのが勘働きだ」

独り言のように喜六がつぶやいた。

話が一段落したと判じて、長二郎が稲毛屋に訊いた。

「私はどんな芝居をすればいいのですか」

「問屋役の嘉吉や年寄たち、問屋場常詰の源左衛門たちの前で、入り銭、出銭を取り立てている一味の目星はついた。が、いまの段階では、まだ確たる証がないので話すことはできない、と突っぱねてほしいのです」

不敵な笑みを浮かべて、長二郎が応じた。

「やりましょう」

無言でうなずいて、稲毛屋が喜六に向き直った。

「問屋役たちを一間に集めてくれますか」

「声をかけてくる」

厳しい顔つきで、喜六が立ち上がった。

座敷で、問屋役の嘉吉、年寄の忠右衛門と五兵衛、源左衛門、喜六に稲毛屋、長二郎が円座になっている。

不満げに、嘉吉が声を高めた。

「それではどうしても、入り銭、出銭を取り立てている連中の名は教えてくれないと言うのだね」

じっと見つめて、長二郎が突き放した。

「何度も言っているように、まだ詰めの探索がつづいています、証をつかむまでは口が裂けても教えられません」

眉間に皺を寄せた嘉吉が、忠右衛門たちを見やった。

渋面をつくって、忠右衛門たちが顔を見合わせる。

睨みつけて、嘉吉が長二郎に告げた。

「内藤新宿を仕切る宿役人の私たちを信じられないようだね。再起衆は問屋場の一員ではないのか」

表情ひとつ変えず、長二郎は無言で嘉吉を見つめ返している。

割って入って、喜六が声を上げた。

「見当がついていても、証をつかむまでは教えられないというのは当然の話。万が一にも、その人物の名が洩《も》れでもしたら、相手は警戒するだろう。それだけではない。やけになった相手が騒ぎを起こしたらどうなると思う。内藤新宿は二度と宿場を開けなくなる。警戒するにこしたことはない」

言い切った喜六に、憮然として嘉吉が声を荒らげた。

「喜六さんは、われわれを疑っているのか」

鋭く嘉吉を見据えて、喜六が言い放った。

「いまは何事も慎重に運ぶべきだ。そうだろう」

語気の強さに、上目遣いに喜六を見て、嘉吉が黙り込んだ。

場は険悪な空気に包まれている。

嘉吉を睨《ね》めつけたまま、喜六は微動だにしない。

初めて見る喜六の凄まじい形相《ぎょうそう》であった。

その様子に長二郎は、内藤新宿の再興にかける喜六の情熱と執念を、あらためて感じ取っていた。

二

甲州街道の角筈村のはずれで、ふたりの男は人馬の入り銭、出銭の取り立てを始めた。

街道脇に立つ大木に太縄の一端を縛りつけたひとりが、別の一端をつかみ腰に半周回すようにしてあてがい、向かい側の道ばたに移動する。

一本の太縄が道を横切って、往来する人馬の行く手を遮《さえぎ》る形になった。

人はともかく馬には、荷を積んだまま人の腰の高さで張られた太縄を跳びこすことは無理であった。

張られた太縄に遮られて足を止めた人足に、布袋を手にした男が歩み寄り、ことばをかけている。

人足が懐から巾着を取り出し、手を突っ込んでびた銭をつまみ出して布袋に入れた。

入り銭を払ったのだろう。

取り立てた男が、右手を掲げて回す。

それが合図だったのか、一端を持っていた男が太縄を地面に置いた。道を横切っていた太縄が地面に落ち、遮るものがなくなった。

人足が馬の手綱をひいて、内藤新宿へ向かって歩いて行く。

馬の手綱を手にした別の人足から、入り銭を取り立てると太縄がおろされ、通り過ぎると再び太縄が張られる。

同じことが、すでに数十回ほど繰り返されていた。

少し離れた、道沿いに立つ大木の後ろに身を置いた戸張と松村は、取り立ての様子に目を注いでいる。

じれたのか松村が腹立たしげに話しかけた。

「捕まえましょう」

「もう少し様子をみよう」

男たちを見つめたまま戸張がこたえた。

成木道の中野村の手前でも、行き交う人馬に声をかけ、男ふたりが入り銭、出銭を取り立てている。

街道筋にある町家の外壁に身を寄せて、大塚と中川が見張っていた。

男たちに目を向けたまま、大塚が中川に声をかける。

「すでに二刻は過ぎ去っている。ふたりが入り銭、出銭を取り立てているところは十分に見届けた。捕らえよう」

「そうだな。やるか」

応じた中川が、大刀の柄《つか》を平手で軽く叩いた。

甲州街道で張り込んでいる戸張が松村に話しかけた。

「そろそろいいだろう。捕らえよう」

通りへ向かって戸張が足を踏み出した。

松村がつづく。

入り銭、出銭を取り立てている男たちに、戸張と松村が歩み寄った。

受け取った銭を布袋に放り込んだ男に、戸張が声をかける。

「何をしている」

横目で戸張たちを見やった男が、迷惑そうに応じた。

「見りゃわかるでしょう。荷を運んでいる人足たちは先を急いでいるんだ。勘弁してくださいな」

「勘弁できないな」

戸張が一歩迫る。

「何だって」

逆らうそぶりを見せた男に、戸張が告げた。

「内藤新宿の問屋場再起衆だ。内藤新宿へ出入りする人馬から入り銭、出銭を取り立てることは、まだ御上から許しが出ておらぬ。なのに入り銭、出銭を取り立てるとは何事だ」

ぎくり、とした男が、突然、背中を向けて逃げようとした。

その瞬間、戸張の腰間から鈍《にび》色の光が走った。

男の肩口に、峰に返した大刀が炸裂《さくれつ》する。

目にもとまらぬ戸張の居合抜きの早業だった。

激痛に呻いて気絶した男が、布袋を手にしたまま、その場に頽《くずお》れる。

ひっ、と叫んで、太縄を持っていた男が棒立ちになった。

手にした大刀の切っ先を、戸張が男に突きつける。

「峰打ちだ。そのうち息を吹き返す」

「勘弁してくだせえ。お願いだ」

いまにも泣き出しそうな顔をして、男が哀願する。

「仲間を背負って、おれたちと一緒にこい」

「わかりました。仰有《おっしゃ》るとおりにします」

松村に視線を走らせて、戸張が告げた。

「布袋は我々が預かる。松村、受け取ってくれ」

「承知しました」

近寄ってきた松村に、男が手にしていた布袋を差し出す。

「よこせ」

引ったくるようにして松村が、布袋を受け取った。

三

「新たに内藤新宿に旅籠屋を出してくれる商人が増えているかどうか、源左衛門に訊いてみたい。私は残る」

と言い出した喜六と分かれて、長二郎と稲毛屋は問屋場を後にした。

出たところで、長二郎が声をかけた。

「私は木賊屋へ向かいます。張り込んでいる戸張たちが気になるので」

嘉吉たちとの話し合いが終わった後、長二郎は稲毛屋と喜六に、信州屋の聞き込みをかけていた長二郎たちを見張り、内藤新宿までつけてきたふたりの男のうちのひとりが昨日木賊屋にやってきたこと、夕刻、それぞれ布袋ふたつを抱えた四人の男が木賊屋へ入っていったこと、そのうちのひとりが木賊屋の前で転んで布袋のなかから大量のびた銭がこぼれ出たこと、夜になってつけてきた男と木賊屋らしい男、布袋を抱えた四人の男が出てきたこと、つけてきた男はそこで別れて四谷大木戸のほうへ歩いて行ったこと、木賊屋とおぼしき男と四人をつけたら太七の賭場へ行き着いたこと、木賊屋らしい男たちが太七に見送られて、賭場から出てきたときには布袋は抱えていなかったことなどを、長二郎は稲毛屋と喜六につたえていた。

稲毛屋が応じた。

「おれも行こう。織田さんはじめみんなは、木賊屋の顔を知らない。おれが出張って木賊屋の顔あらためをしたほうがいいだろう」

「それはありがたい」

「木賊屋本人と顔を合わせたら、さりげなくうなずく。それが、本人だ、という合図だ」

「わかりました。行きましょう」

「おれは木賊屋から嫌われている。言いにくいことを遠慮なく言うからだ。木賊屋が入り銭、出銭を取り立てている一味だとわかったら、とことんいたぶってやる。おれは、何を考えているかわからないような、木賊屋みたいな男は大嫌いなんだ。ますますおもしろくなってきたぞ」

稲毛屋が、癖になっている皮肉な薄ら笑いを浮かべた。

木賊屋を張り込んでいると思われる場所に戸張たちの姿はなかった。

足を止め、ぐるりを見渡して稲毛屋が言った。

「みんながいないところをみると、木賊屋の手下たちが出かけたんだな。もどってくるまで木賊屋に居座るか」

「そうしますか」

微笑んで、長二郎が応じた。

稲毛屋の表戸を開け、長二郎は奥へ向かって声をかけた。

「内藤新宿問屋場の再起衆だ。木賊屋さんに訊きたいことがあってきた。入らせてもらう」

返答を待たずに長二郎は足を踏み入れる。

稲毛屋もつづいた。

奥から手代とともに木賊屋と思われる男が出てきた。

布袋を抱えた四人を引き連れて、太七の賭場へ出かけた男だった。

その顔を見て、稲毛屋が大きくうなずく。

土間に立っている長二郎から稲毛屋へ視線を移した木賊屋が、露骨に厭な顔をした。

警戒の目を向けて、木賊屋が訊いてきた。

「何の御用ですか」

懐から取り出した、再起衆の身分を証《あか》す鑑札を掲げ、木賊屋に示して長二郎が告げた。

「再起衆の織田だ。用件はいずれわかる。再起衆の仲間がやってくるまでここで待たせてもらう」

言い切った長二郎を横目で見て、稲毛屋が、してやったりと思ったのか、にやり、とした。

稲毛屋の様子が気になるのか、ちらり、と横目で見て、木賊屋が応じた。

「待っていただくのはいっこうにかまいませぬが、私は出かけねばなりませんので、お相手はしかねます。それでは支度がありますので、これにて」

そそくさとその場を去ろうとする木賊屋を見据えた長二郎が、

「この場にいてもらう。どこにも行かせぬ」

大刀の柄に手をかけた。

息を呑んだ木賊屋が、無意識のうちに躰をすくめる。

明らかに怯《おび》えていた。

黙り込んだ木賊屋に、稲毛屋が声をかける。

「木賊屋さん、どうする。この場で立ったまま、再起衆のみんながくるまで待つか、それとも、座敷に案内して茶の一杯でもご馳走するか、どっちにするか早く決めてくれないかね」

「それは」

言いかけた木賊屋が、恨めしげに稲毛屋から長二郎に視線を流して、手代に告げた。

「織田さんたちを客間に案内する。茶を用意して持ってきてくれ」

廊下の上がり端に足をかけ、長二郎が告げた。

「昨夜、布袋ふたつずつ抱えた男たちとともに角筈村の店頭太七の賭場に運び込んだのをこの目で見届けている。引き揚げるときには、男たちは布袋を持っていなかった。布袋のなかみは、男が店先で転んだときに布袋からこぼれ出たので、びた銭であることはわかっている。大量のびた銭を、どこで入手したか訊きたい。洗いざらい話さぬときは」

見据えたまま、長二郎が刀の柄を軽く叩いた。

「それは、それだけは」

視線をそらして、木賊屋が口ごもった。

そんな木賊屋を、せせら笑って稲毛屋が見つめている。

四

昼八つ（午後二時）過ぎに、太七は、

「甲州街道と成木道で、四人がしっかりと入り銭、出銭を取り立てているか見届けてこい」

と手下ふたりに命じた。

半時（一時間）ほど過ぎた頃、手下ふたりが相次いでもどってきた。

走ってきたのか息を弾ませている。

血相が変わっていた。

「どうした」

神棚を背にして座っていた太七が問いかける。

「甲州街道にふたりはいません」

「成木道にも姿がありません」

ほとんど同時に手下たちがこたえた。

「何だと。見落としたんじゃないのか」

声を高めた太七に、手下のひとりが応じた。

「いつも入り銭、出銭を取り立てているあたりを探し回りましたが、どこにもいません」

別の手下もこたえる。

「あっしも探しましたが、見あたりませんでした」

首を傾げて太七が黙り込む。

胸中でつぶやいていた。

(いわくありげな武士たちが甲州街道や成木道をうろついている、と入り銭、出銭を取り立てている連中を見張らせていた手下たちから聞いている。まさか、その武士たちが取り立てをやっている四人を見咎めて捕えたのでは)

はっ、として、口を開いた。

「何かあったんだ。とりあえず木賊屋へ行こう」

腰を浮かしかけた太七が、座り直して告げた。

「修羅場《しゅらば》になるかもしれない。用心棒の先生たちを呼んでこい。ほかの手下たちにも声をかけて、大急ぎで集めるんだ」

「わかりやした」

「呼んできやす」

裾を蹴立ててふたりが立ち上がった。

五

「内藤新宿問屋場再起衆だ。木賊屋はいるか。訊きたいことがある。出てこい」

表のほうで、呼ばわっている。

戸張の声だった。

にやり、として長二郎が木賊屋に目を注いだ。

ぎくり、として躰をすくめた木賊屋を見て、稲毛屋が嫌みな薄ら笑いを浮かべる。

見据えて、長二郎が告げた。

「木賊屋さん、仲間がきた。一緒に出迎えよう」

立ち上がる。

顔をこわばらせた木賊屋は、座り込んだままうつむいている。

「よいしょっと」

わざとらしく声を上げて立った稲毛屋が、

「木賊屋、立てないのなら手を貸してやる」

襟首をつかんで持ち上げる。

「く、苦しい。手を離せ」

両手で襟元を開き、もがきながら木賊屋が腰を浮かせた。

表戸を背にした戸張と大塚、中川と松村に大刀を突きつけられた四人の男が、土間に土下座させられている。その傍らに布袋が八袋、置いてあった。

奥から長二郎、つづいて木賊屋、その襟首をつかんだまま稲毛屋が出てきた。

驚いて、戸張が声を上げた。

「織田。稲毛屋さんも来ていたのか」

ちらり、と男たちと布袋に視線を走らせて、長二郎が問うた。

「この四人が、入り銭、出銭を取り立てていたのだな」

「そうだ。取り立てているところを何度も見届けた。布袋のなかには、取り立てた銭が入っている」

目を木賊屋へ向けて、戸張がことばを重ねた。

「稲毛屋さんが襟首をつかんでいる男は、木賊屋に間違いないか」

稲毛屋がこたえた。

「木賊屋だ。おれが、よく知っている内藤新宿の中馬、木賊屋に間違いない。首をかけてもいい」

木賊屋を睨みつけて、戸張が声を高めた。

「おれは昨日、織田とともに貴様が角筈村の店頭、太七の賭場へ、ここに土下座させている男たちと一緒に入っていくのを見届けている。男たちは布袋を八袋、抱えていた。そこに転がっている布袋と同じものだ。もっとも、賭場から引き揚げるときには、布袋は持っていなかったがな」

大刀の切っ先を木賊屋へ向けて、戸張が吠えた。

「賭場へ運んだ布袋のなかみは、そこに置いてある布袋のなかみと同じだろう。内藤新宿問屋場の名を騙《かた》って取り立てた、入り銭、出銭のびた銭だな。洗いざらい白状しろ」

「そ、それは」

口ごもった木賊屋に、長二郎が告げた。

「そこの四人ともども、じっくりと問いただしてやる。容赦はせぬぞ」

見据えた長二郎の眼光が凄まじい。

六

後ろ手に縛られた木賊屋と男たちが、横ならびに土間に座らされている。

背後に大塚、中川、戸張が立ち、前に稲毛屋が立っていた。

奥からもどってきた長二郎が、廊下の上がり端で足を止め、稲毛屋から戸張たちへ視線を流して声をかけた。

「三人の奉公人は一間に閉じ込めた。松村が見張っている。逃げ出す心配はない」

戸張が応じた。

「表戸にはつっかい棒をかけた。外からは戸を開けられない。誰も入ってこない」

土間へ降り立った長二郎が、稲毛屋と肩をならべた。

木賊屋を見つめて、長二郎が告げる。

「昨日、太七の賭場へ向かう前に、店の前で別れた男は、おれと戸張を伝馬町からつけてきた奴だ。伝馬町でおれたちは口入れ屋信州屋の聞き込みをやっていた。信州屋とのかかわりを話してもらおう」

　無言で木賊屋がそっぽを向いた。

「だんまりを決め込むつもりか。そうはさせぬ」

　歩み寄って、長二郎が脇差を抜いた。

　木賊屋の鼻先に突きつける。

「鼻か、耳か。どっちをそいでほしい。こたえてくれ」

　唇を結んだまま、木賊屋は黙している。

「そうか。そういう了見か」

　手をのばして、長二郎が木賊屋の顎をつかんだ。

　振り払おうと、木賊屋がもがく。

「動くな。動くと力を入れ損なって、鼻を切り落とすことになる」

　ことばにならない呻き声を発した木賊屋の眉間に、長二郎が脇差の刀身を押し当てた。

「鼻からそぐか」

　にやり、として脇差を持ち直した。

「やめてくれ。勘弁してくれ」

木賊屋がわめいた。

見据えて、長二郎が脇差を引いた。

安堵したのか、木賊屋が大きく息を吐く。

「話す気になったか」

問いかけた長二郎を、恨めしげに見上げた木賊屋が、再び黙り込む。

「まただんまりか」

苦笑いして、長二郎がことばを継いだ。

「おれたちは役人ではない。できるだけ、この手を血で汚したくないというのが本音だ。おれたち再起衆が裁きをくださなくとも、おまえは、すでに罪を犯している。御上から認許されていない入り銭、出銭の取り立てを、ここにいる四人がやっていた。取り立てているところを再起衆の面々は見届けている。おまえは、この四人からその金を受け取っていた。一味の頭だ。間違いなく死罪になるだろう。首をさらされるかもしれない」

見上げて、木賊屋がわめいた。

「おれは頭じゃない。太七だ。角筈村の店頭太七が入り銭、出銭取り立ての絵図を描き、業務のすべてを差配している。おれは指図にしたがっただけだ。信州屋と角筈村の名主与兵衛も仲間だ」

四人の兄貴格と思われる男も、声を上げた。

「おれたちは信州屋さんから頼まれただけだ。親分のところに人足を出してくれと声がかかって、おれたちが選ばれた。御上から許しが出ていないなんて知らされていない。騙《だま》されたんだ」

「そうだ」

「勘弁してくれ」

相次いで男たちが声を上げる。

男たちに目を向けて、長二郎が告げた。

「そのことば、信州屋と親分の前でも覆ることはないな」

兄貴格が声高に訴えた。

「おれたちは言われたとおりにやっていただけだ」

「死にたくない。勘弁してくだせえ」

「お願いだ」

男たちが必死に哀願する。

わきから戸張が声を上げた。

「道中奉行に引き渡すか。そのほうが、楽だ」

長二郎が応じた。

「誰が黒幕か突き止めて捕らえ、道中奉行へ一味を引き渡す。それが事件の探索に関わったときの、再起衆の一件落着の形だ。とりあえず木賊屋と男たちを信州屋へ連れて行き、信州屋と対決させる。その後、太七、与兵衛と攻めていこう」

「わかった。そうしよう」

割って入って稲毛屋が言った。

「おれもつきあおう。入り銭、出銭を取り立てている、との疑いをかけられているおれだ。迷惑をかけてくれた信州屋の面《つら》を見てみたい」

「いいでしょう。同行してください」

応じた長二郎が、一同を見渡して告げた。

「これから信州屋へ向かう。支度してくれ」

眦《まなじり》を決した戸張たちが、大きくうなずいた。

七

男たちと木賊屋を、数珠《じゅず》つなぎに縛って取り囲んだ長二郎、戸張、大塚、中川、松村と稲毛屋は伝馬町へ向かうべく、木賊屋の表戸を開けた。

先頭に立つ長二郎は、瞠目して足を止めた。

木賊屋の表戸の前、一歩踏み出せば大刀の切っ先がとどくほどの隔たりのところに、太七と屈強そうな浪人、手下たちが行く手を塞ぐように立っている。

目分量だが、十人ほどいた。

視線を太七たちに向けたまま、長二郎が告げた。

「太七たちの布陣は見届けた。なかにもどるぞ」

後退って土間に入った長二郎が、背後にいる松村に声をかけた。

「裏にも見張りがいるかどうか、見てきてくれ」

「承知しました」

松村が裏口へ向かう。

戸張が表戸を閉め、つっかい棒をかけて振り向いて訊いてきた。

「裏にも待ち伏せしている浪人や手下たちがいるはずだ。伝馬町の信州屋へ行くのはあきらめよう」

「どうする?」

「籠城するか」

「とりあえず問屋場へ向かおう。おそらく途中で襲われるだろうが、信州屋より問屋場のほうが近い。着けば太七も問屋場は襲ってこないだろう」

「木賊屋たちは連れていくのか」

「もちろんだ。どうすればいいか、手立てを考える」

「おれも考えてみる」

戸張が応じた。

もどってくる足音がした。

振り返った長二郎に、厳しい顔で松村が近寄ってくる。

声をかけてきた。

「裏も、浪人と手下たち十人ほどが固めています」

「そうか」

長二郎が応じたとき、背後で声が上がった。

「再起衆の方々、どうしますね」

　揶揄する口調だった。

　振り向いた長二郎の目に、せせら笑う木賊屋が映った。

「どうしますね。多勢に無勢。勝ち目はないですよ」

「そうかな」

　応じて、長二郎がことばを重ねた。

「何がおかしい」

　鼻先で笑って、木賊屋がこたえた。

「強がりは通用しません。店頭の用心棒は強い。いままで負けたことのない先生たちがそろっています。斬り合ったら、殺されるのがおちですよ」

　にやり、として長二郎が言った。

「戸張、木賊屋の髷《まげ》を切り落としてくれ。二度と無駄口を叩かないように、お仕置きするのだ」

「おもしろい。おれたちの腕前のほどを教えてやろう」

　柄に手をかけて、戸張が声をかけた。

「木賊屋、動くなよ。わずかでも動いたら、髷でなく首を斬り落とすことになるぞ」

傍らに立つ大塚を横目で見て、戸張がことばを継いだ。

「大塚、おれが木賊屋にお仕置きする間、身動きしないように喉元に大刀を突きつけてくれ」

「承知した」

大刀を抜いた大塚が、木賊屋の喉元に切っ先を突きつけた。

「何をする気だ。やめろ。やめてくれ」

叫んだとき、戸張の腰から鈍色の閃光が迸《ほとばし》った。

光は、木賊屋の頭をかすめ、再び戸張の腰にもどった。

大刀が鞘《さや》に納まったのか、高々と鍔音《つばおと》が響き渡る。

目にもとまらぬ早業だった。

次の瞬間……。

木賊屋の髷がぐらりと揺れ、土間に落ちた。

ばらり、と髪が垂れ下がる。

悲鳴を上げて、木賊屋がへたりこんだ。

木賊屋に引きずられるように男たちも頽《くずお》れる。

そんな木賊屋たちを、無言で長二郎が見つめている。

表戸が開けられた。

太七たちが身構える。

抜き身の大刀を手にした長二郎が姿を現した。

つづいて後ろ手、数珠つなぎに縛られ縦一列になった木賊屋と兄貴格の男、残る三人の男たちと、その左右に大塚と中川、稲毛屋と松村、背後に戸張が、稲毛屋以外はそれぞれが木賊屋たちに大刀を突きつけながら出てきた。

太七と手下たちが長脇差を、浪人たちが大刀を抜く。

手下のひとりが、裏へ向かって走った。

裏口を固めている手勢を呼びに行ったのだろう。

すすんでくる長二郎たちの行く手を阻《はば》むように、太七たちが横一列にならんだ。長二郎が呼ばわる。

「どけ。内藤新宿の問屋場がやっているかのように装い、入り銭、出銭を取り立てていた一味を問屋場へ連れて行く。邪魔をしたら木賊屋たちを突き殺す」

肩をならべた太七と、用心棒の頭格と思われる浪人が顔を見合わせた。

意味ありげにうなずき合う。

頭格が左手を掲げ、左右に振る。

あらかじめ決められていた合図なのか、太七や浪人、手下たちがゆっくりと二手に割れた。

その間を、太七たちに警戒の視線を注ぎながら、長二郎と木賊屋たちを取り囲んで大刀を突きつけた戸張たちや稲毛屋が通り抜けていく。

立ち去り、遠ざかる長二郎たちを見据えながら太七は、

（行く先は内藤新宿の問屋場か。下手に手出しはできぬ。気になるのは木賊屋が髷を切り落とされていることだ。木賊屋は欲深なくせに、もろいところがある男。責め立てられたら、企みのすべてを洗いざらい喋ってしまうかもしれない。どうするか、名主の与兵衛さんと話し合うか）

胸中でそうつぶやいていた。

第八章　立ち返り駅

一

角筈村の名主、渡辺与兵衛の屋敷の表門をのぞむことができる大木の陰に、後藤は張り込んでいる。

退屈したのか、背伸びして首をまわした後藤が、目の端に映ったものを見極めようとして身を乗り出した。

目を凝《こ》らす。

屋敷へ向かって、三人の男が歩いてくる。

先頭に立つのは、一行の頭格と思われる男だった。

三人とも、腰に長脇差を帯びている。

再起衆の合議で、角筈村の店頭太七のことは聞いている。

後藤は、一度も太七を見たことはなかった。

にもかかわらず、

(先頭の男は、おそらく太七だろう)

と推断していた。

屋敷の表門の潜り戸から、太七と思われる男とそれにしたがうふたりが入っていく。勝手知ったる他人の家、ということばを思い浮かべるほどの、遠慮のない動きだった。

店頭は、土地の店々から安堵金を取り立て、揉め事が起きたり御上の手入れがあったときには、かねて贈賄《ぞうわい》すれすれの手口で関係を深めている公儀の役人に裏から手をまわし、事態の収拾を画策するのが主な仕事であった。

やくざの親分との違いは、土地の店々の厄介事を内々で落着することぐらいで、子分同然の手下や用心棒を抱え、恐怖と威圧を武器がわりに世渡りし、賭場を開帳するなど、やっているなかみは大差ない者が多かった。

小半時(三十分)たらずで、太七たちは出てきた。

おもしろくないことがあったのか、潜り口から出てきた太七は、表門の門扉に唾《つば》を吐きかけた。

その行為が後藤に、

（与兵衛との話し合いがうまくいかなかったのだ。どこへ行くかつけてみよう。おそらく今日は、与兵衛は出かけないだろう）

と思わせた。

太七は苛ついた様子で手下たちに向かって顎をしゃくり、踵《きびす》を返した。

歩き出した太七たちが、尾行に気づかないほどの隔たりに達したのを見極めて、後藤は張り込んでいた大木の陰から通りへ出た。

見え隠れにつけていく。

行く手に問屋場が見えている。

太七たちが足を止めた。

あわてて後藤は、町家の軒下に身を寄せる。

通りをはさんで問屋場の向かい側に建つ町家の陰から、用心棒と思われる浪人や手下たちが出てきた。

ざっと十数人はいる。

（おそらく裏口にも見張りがいるはず。問屋場は太七たちに取り囲まれているようだ。なぜだろう）

胸中でつぶやき、首を傾げた後藤は、

（このことを、織田さんたちにつたえなきゃ。とりあえず木賊屋へ行ってみよう。張り込んでいるかもしれない）

判じた後藤は、軒下に身を寄せたまま後退《あとじさ》った。

木賊屋の近所までやってきた後藤は、まわりを見渡した。

再起衆の姿は見当たらない。

（まだ喜六さんの屋敷にはもどっていないだろう。もう一度問屋場へ行ってみよう）

そう決めて、踵を巡らした。

問屋場の近くまでもどってきた後藤の目が、相変わらず見張っている太七らしい男たちをとらえた。

その動きが後藤に、

（ひょっとしたら、見張っている連中にとって都合が悪いことを織田さんたちがやってのけ、問屋場に籠城しているのではないのか）

と推測させた。

（多勢相手の斬り合いになってもかまわぬ。問屋場の前での剣戟《けんげき》の音を聞きつけて、織田さんたちは必ず助勢に駆けつけてくれる）

腹をくくった後藤は、問屋場へ向かって足を踏み出した。

歩を運ぶ後藤を、太七と思われる男や浪人たちが凝視している。

射るような視線を背に感じながら、後藤は歩いていった。

不思議だった。

凄《すさ》まじい殺気を放っているにもかかわらず、浪人たちは襲ってこない。

問屋場に数歩のところまで達した。

敵意は感じる。

が、何事も起きなかった。

足を止め、問屋場の表戸に手をかける。

開けて、入った。

(なぜ襲ってこなかったのか。わからん)

表戸を閉めながら胸中でつぶやき、首をひねった。

声をかけ、再起衆にあてがわれた部屋の襖を開けた後藤は、驚いて目を見張った。

背中合わせにぐるぐる巻きに縛られた木賊屋と男四人が、座敷の一隅に座っている。

その傍らに長二郎や戸張、中川、大塚、松村に加えて稲毛屋が車座になっていた。

車座のそばに座って、後藤が言った。

「太七とおぼしき男や浪人、手下たちが問屋場を取り囲んでいます」

「知っている」

「知っている?」

訝しげに訊いてきた後藤に、長二郎がこたえた。

「そこに縛り上げてある四人の男たちと木賊屋を取り返したいのだ。四人の男たちは入り銭、出銭を取り立てていた」

顔を後藤に向けて、長二郎がことばを継いだ。

「与兵衛は動いたのか」

「長脇差を差した太七とおぼしき男が、長脇差を帯びた男たちをしたがえて、与兵衛の屋敷へやってきました」

わきから戸張が口をはさんだ。

「順兵が太七らしい男と言っているのは太七だ。間違いない。おれたちが問屋場に入るまでつけてきていたが、その後、様子を窺っていたら途中でいなくなった。どこへ行ったかと思っていたが、与兵衛のところへ行っていたのか」

長二郎が後藤に問いかける。

「与兵衛は出てこなかったのか」

「出てきませんでした。話がうまくいかなかったのか、出てきた太七は腹立ちまぎれに、表門の門扉に唾を吐きかけていました」

「太七が、与兵衛の屋敷の門扉に唾を吐きかけたというのか。何があったのだろう」

つぶやいた長二郎に、戸張が声をかけた。

「おれたちが木賊屋たちを引っ捕らえて、問屋場へ連れてきたことを伝えにきた太七を、与兵衛が冷たくあしらったのかもしれぬな」

　割って入って、稲毛屋が声を上げた。

「口だけじゃなく、おおいに喧嘩して仲間割れしてもらいたいものだな」

「仲間割れか。そうなると我々には好都合だが」

　つぶやいて長二郎が首を傾げた。

　戸張が声をかける。

「いい知恵でも浮かんだか」

　顔を向けて、長二郎が応じた。

「睨み合いのまま敵の出方を待つか。それとも、こちらから仕掛けるか。どちらにするか、いま考えているところだ」

　稲毛屋が口をはさんだ。

「こちらから仕掛ける前に、相談して、納得してもらう相手がいると思うがね」

「相談して、納得してもらう相手？」

　問いかけた長二郎に稲毛屋がこたえた。

「喜六さんだ。こちらから仕掛けて騒ぎを起こしたら、御上から咎められるかもしれない。内藤新宿を再興するためには、揉め事は内々で落着しなければいけない。喜六さんは、そう思っているはずだ」

「そうですね。いま起きていることを喜六さんは知らない。知らせておくべきでしょう。その上で、喜六さんの判断を仰ぐのが筋ですね」

自分に言い聞かせるような、長二郎の物言いだった。

戸張が口をはさんだ。

「おれが喜六さんを迎えに行こうか」

「やめたほうがいい。おれたち再起衆が動けば、太七たちも動く。問屋場の誰かに喜六さんを迎えに行ってもらうのが一番いいのだが」

膝を打って、稲毛屋が言った。

「五兵衛さんに頼もう。おれがみるところ、問屋場のなかで、喜六さんの味方は五兵衛さんだけだ。頼んでみよう。善は急げだ」

裾を蹴立てて、立ち上がった。

ほどなくして、稲毛屋が五兵衛を連れて、座敷にもどってきた。

肩をならべた五兵衛と稲毛屋が、長二郎と向かい合う。

座るなり、稲毛屋が口を開いた。

「五兵衛さんは、喜六さんを迎えにいくことを承知してくれた。なぜ太七たちが問屋場を取り囲んでいるのか、そのあたりの経緯を、織田さんから五兵衛さんに話してくれ」

「わかりました。誰が入り銭、出銭を取り立てているか探索していくうちに、角筈村の名主渡辺与兵衛と店頭太七が、伝馬町の口入れ屋信州屋と十二社の茶屋夕月亭で会っているところを見届けました」

長二郎の話に、口をはさむことなく五兵衛は聞き入っている。

二

問屋場から五兵衛が出かけていって、半時（一時間）ほど過ぎた頃、喜六がやってきた。

再起衆の詰所に入ってくるなり、喜六は告げた。

「表戸の前で五兵衛さんが『問屋場のまわりを一歩きして、表と裏に何人いるか見届けてくる』と言い出した。何をするにしても、敵の人数を知っておくほうがいいと思ったので、五兵衛さんの申し出を受け入れました」

「それはありがたい。敵の数がはっきりすれば、策が立てやすい」

応じた長二郎と向かい合って座り、喜六が話しかけてきた。

「ことの経緯は五兵衛さんから聞きました。考えている策を教えていただけますか」

厳しい顔つきになって、長二郎は話し始めた。

「問屋場を見張っている太七たちと睨み合ったまま、敵の出方を待つか。それとも、敵が襲ってくるように仕向けるか。どっちの策にするか、喜六さんの考えを訊きたいのです」

眉間に縦皺を寄せ、怒りをあらわに喜六が応じた。

「問屋場のまわりを角筈村の店頭の太七と手下、用心棒たちが取り囲んでいる。ここは内藤新宿です。問屋場は内藤新宿の城みたいなもの。しかも、まだ御上から認許されていない内藤新宿への入り銭、出銭を取り立てているところを、再起衆によって見つけられ、その場で取り押さえられている。御上に訴え出れば死罪は免《まぬか》れない輩だ。容赦する必要はありません。私に訊くまでもないことです。これ以上、角筈村の連中になめられるわけにはいきません」

喜六の激しい口調に、長二郎と稲毛屋が思わず顔を見合わせた。

戸張たちも、驚いてたがいに目配せし合う。

「で、どうしましょうか」

念を押した長二郎に喜六は応じた。

「織田さんらしくもない。訊くまでもないこと。敵が襲ってくるように仕向ける。それが内藤新宿再起衆としてとるべき唯一無二の手立てです」

きっぱりと言い放った喜六に、長二郎が告げた。

「わかりました。もし喜六さんが、敵の出方を待ってほしい、とこたえられたら、どうやって説得しようかと考えていたところです」

「事なかれ主義では内藤新宿は守れない。やらねばならぬときには、鬼にも蛇にもなる。そのために咎められてもかまわない。内藤新宿再興のために御上に働きかけているときから、覚悟はできています」

わきから稲毛屋が声を上げる。

「覚悟を決めているのは喜六さんだけじゃない。私もそうだ。でなきゃ、あちこちから借りられるだけ金を集めて、街道を修復するなんて馬鹿なことはやらない。内藤新宿を再興する。ただそれだけを考えて動きまわったんだ」

うむ、とうなずいて、長二郎が応じた。

「そのことばを聞いて、私の腹も固まりました。存分に働かせてもらいます」

戸張たちに視線を向けて、ことばを重ねた。

「あらためて訊く。みんなも覚悟を決めてくれるな」

無言で、戸張たち再起衆の面々が強く顎を引いた。

一同を見渡して、長二郎は告げる。

「太七たちが、襲ってくるように誘い水をかけましょう。稲毛屋さんと私で、どこかへ出かけるふりをして、人気《ひとけ》のないところへ浪人たちを誘い込み、斬り合う。敵の数を減らすために考えた策です」

間を置くことなく、戸張が声を上げた。

「おれも一緒に行こう。太七たちは問屋場を襲ってこないだろう。万が一、襲撃してきたとしても、後藤がいる。中川たちも、そこらの無頼浪人たち相手なら負けることはないだろう。心配はない」

「戸張がきてくれたら鬼に金棒だ。おれも、太七たちは問屋場を襲ってこないと思う」

応じた長二郎が、中川や大塚、松村、後藤に視線を走らせて、ことばを継いだ。

「おれたちが仕掛けた誘いに太七たちが乗ってきたら、必ず斬り合いになるだろう。きっちり勝負をつけてくる。くれぐれも警戒を怠らないようにしてくれ」

眦を決して、中川たちが無言でうなずいた。

まず長二郎、つづいて稲毛屋、戸張が問屋場から姿を現した。

喜六との話し合いを終えた三人は、もどってくるであろう五兵衛を待つことなく再起衆詰所を出たのだった。

歩き出す。

誘い込むところは、稲毛屋の考えで、太宗寺《たいそうじ》の本堂の裏手と決めてあった。

太宗寺は、信州高遠藩三万三千石の大名内藤家の菩提《ぼだい》寺である。

参詣客も多く、参道には茶店など多くの店が建ちならんでいた。

江戸六地蔵は江戸から各地へ出立する旅人の道中の安全を祈るために、主な街道の第一宿につくられた。

その六地蔵のひとつが、太宗寺の参道入り口と甲州街道の交わる辻にあった。

露座の、銅製の地蔵菩薩座像が道ばたに置かれている。

長二郎たちは、太宗寺へ向かって歩いて行く。

まず太七とともに表を見張っていた、浪人三人がつけてきた。

しばらくして新手が七人、くわわった。

十人がそろうまで時がかかったのは、裏口を見張っていた浪人を呼びに行ったからだろう。

つけられていることに気づいていないふりをして、長二郎たちは歩みをすすめた。

太宗寺の山門をくぐり、境内《けいだい》へ入っていく。

境内の散策を楽しんでいるかのように、ゆったりとした足取りで本堂へ向かっていった。

参拝にでもきているような、長二郎たちの動きだった。

浪人たちが発する殺気は、次第に激しさを増してきている。

歩きながら長二郎が戸張に声をかけた。

「斬り合う場所は本堂の裏手。それでいいか」

「いいだろう」

応じた戸張が、稲毛屋に告げる。

「稲毛屋さんは、おれたちが足を止めても、さらに奥へ向かい、身を隠せる場所に潜んでもらいたい」

「一緒に戦いたい、と言いたいところだが、相手はそれなりに剣の修行を積んだ浪人たち。おれの度胸剣法ではとても太刀打ちできない。役立たずで悪いが、高みの見物とさせてもらうよ」

こたえた稲毛屋に長二郎が言った。

「うまく身を隠してください。そうしてもらえれば、われわれは浪人たちと斬り合うことだけに集中できる」

「邪魔にならぬように、うまく隠れるよ」

軽口をたたくような、稲毛屋の物言いだった。

「そろそろだな」

話しかけた戸張に、長二郎が声を上げた。

「裏手へ走るぞ」

駆け出した長二郎に戸張と稲毛屋がつづいた。

突然走り出した長二郎たちに、浪人たちは焦《あせ》った。

「追え」

年かさの浪人が下知する。

浪人たちが走り出した。


本堂の裏手は広場になっている。その奥には、手入れの行き届いた枯山水の庭が広がっていた。さらに奥には、こんもりと木々が生《お》い茂っている。

広場と庭の境に、多数の岩が配置されていた。

それらの岩の手前で、長二郎と戸張は足を止めた。

稲毛屋は奥の林へ向かって、背中を丸めて走って行く。

振り向きながら、長二郎たちが大刀の鯉口《こいぐち》を切る。

本堂の一端を回って、浪人たちが駆け込んできた。

長二郎と戸張が大刀を抜き放つ。

たたらを踏んで、浪人たちが立ち止まった。

年かさの浪人が吠えた。

「誘い水か。洒落《しゃれ》た真似を。叩っ切ってやる」

大刀を抜く。

浪人たちが一斉に大刀を抜き連れた。

長二郎は左足を前に出し、右下段に構える。

大刀を、担ぐように肩に置いた戸張は、軽く腰を落として身構えた。

大刀を振りかざし、浪人たちが駆け寄る。

斬りかかった。

その場で迎え撃った長二郎は、右手から襲ってきた浪人を、大刀を下段から振り上げて倒し、左手から迫った敵を袈裟懸《けさが》けに斬り捨てた。

ふたりが、相次いで朱に染まって頽《くずお》れる。

肩に担いでいた大刀を、戸張は躰を回転させながら一閃《いっせん》させた。

上段から斬りかかってきた浪人の、柄を握ったままの両手首が斬り落とされ、空に飛んで地に落ちる。

さらに躰を回転させながら、浪人たちの間に躍り込んだ戸張の大刀が、突きかかってきた浪人の首の根元を切り裂く。

血が噴き上がった。

血をまき散らしながら、浪人が崩れ落ちる。

長二郎は、斬りかかってきた浪人の、右脇腹から左脇へと斬り裂いた。

舞うようによろけた浪人が、横向きに転倒する。

林の、大木の後ろに身を潜めている稲毛屋は、驚愕《きょうがく》し大きく目を見開いていた。

いままで長二郎は敵と刃を合わせていない。戸張は逃げようとして背中を向けた浪人にも容赦なく襲いかかり、斬り捨てている。

「まさに静と動。おそるべき強さだ。これは心強い」

思わず稲毛屋はつぶやいていた。

瞬《また》く間に六人が、斬り倒されている。

年かさの浪人がわめいた。

「引け。逃げろ」

すでに逃げ腰となっていた残りの浪人たちは、一斉に背中を向けて逃げ出して行く。

長二郎に戸張が歩み寄った。

顔を見合わせ、うなずき合ったふたりが、大刀を振って、刀身についた血を払う。

鍔音高く、大刀を鞘におさめた。

駆け寄ってきた稲毛屋が声をかける。

「強いねえ。さすが養心館道場の竜虎だ。ふたりがいるかぎり内藤新宿の治安は心配ない。安心したよ」

笑みをたたえて、戸張が応じた。

「若いが、後藤も我々に引けをとらないほどの腕前。大塚たちもいま斬り合った浪人たちより腕が立つ。まず心配ありません」

伏している浪人たちに目を向けていた長二郎が、稲毛屋に訊いた。

「浪人たちの骸《むくろ》の始末、どうしましょうか」

ぽん、と軽く胸を叩いて、稲毛屋がこたえた。

「そのことなら、まかせてくれ。太宗寺の住職とは遠慮のない付き合いをしている。事情を話して、無縁仏として葬ってもらう」

「頼みます」

頭を下げた長二郎に、稲毛屋が告げた。

「これから住職に会いに行く。付き合ってくれ。ふたりに先に引き揚げられた後、おれがひとりで問屋場へ向かうのは、ちょっと怖い。浪人たちが襲ってくるかもしれないからな」

「わかりました。骸の後始末が終わるまで同行します」

神妙な顔で、長二郎がこたえた。


ほうほうの体《てい》で問屋場の向かい側、太七たちが見張っているところへもどってきた浪人たちを見て、頭格が訊いた。

「これだけか。六人足りないが、どうした」

「斬られた」

こたえた年かさに、頭格が声を高めた。

「何だと。六人とも多くの修羅場を踏んできた、かなりの使い手だぞ」

「おそるべき腕前だ。六人とも、瞬く間に斬り殺された」

聞いていた太七が、口をはさんで頭格に告げた。

「田口《たぐち》さん、内藤新宿の用心棒たちがそれほどの腕前なら、こっちも強い先生方を急いで集めなきゃいけない。木賊屋や入り銭、出銭を取り立てさせていた男たちを、どんなことをしても取り返さなきゃ、こっちの身が危なくなる。すぐに動いてください」

田口と呼びかけられた、頭格が応じた。

「わかった。すぐ動こう。ここはどうする」

「引き揚げましょう。問屋場を襲撃しても。勝ち目はなさそうだ。賭場で待っています。どんな先生方が集まるか、声をかけた結果を知りたい」

「そうするか」

応じた田口が、太七から問屋場へ視線を移し、

「六人とも、いままでよく働いてくれた。このままではすまさぬ。かならず敵を討ってやる」

憤怒《ふんぬ》の形相《ぎょうそう》で見据えた。

三

問屋場の再起衆詰所は重苦しい空気に包まれていた。

長二郎たち三人が出かけて、すでに一刻（二時間）近く過ぎ去っている。

三人と入れ違いに、五兵衛が詰所にやってきた。

「表に十三人。裏に十二人。用心棒と手下が半分半分といったところですか。そばを通りすぎながら、気づかれぬように見ただけなので、誤差はあると思いますが」

そう喜六につたえた後、

「年寄部屋へもどります。まだやり残しの仕事が残っているので」

と言い、そそくさと詰所から出て行った。

それから後、口をきく者はいない。

用を足したい、と訴えた木賊屋や男たちのために、その都度、縄を解いてやり、中川と大塚、あるいは松村と後藤がふたり一組になって厠《かわや》へ連れて行き、終わったら連れもどした。

そんなことが七回繰り返されている。

詰所にいるみんなが、

（織田さんたちは無事だろうか。まさかとは思うが、勝負は時の運、無事な顔を見るまでは生死のほどはわからぬ）

と思っているのは明らかだった。

木賊屋たちも、その場の空気を察しているのか黙り込んでいる。

もっとも、長時間縛られているので、口をきく元気も失せているのかもしれない。

と、詰所へ向かってくる、廊下を踏みしめる音が聞こえてきた。

「誰かくる」

小声で口走って、後藤が立ち上がった。

襖を開けて顔を突き出し、足音のほうを見つめた。

声を上げる。

「織田さんたちが帰ってきた。戸張さんも稲毛屋さんも元気そうだ」

「本当か」

「どれどれ」

相次いで声を上げた大塚と中川が、襖のほうへ歩み寄る。

松村もつづいた。

喜六は座ったまま、襖へ目を向けた。

声が聞こえた。

「順兵、顔を突き出して何をしている。ろくろ首みたいだぞ」

軽口をたたいた声は、戸張のものだった。

「みなさんの帰りを待ちすぎて、気持は、ろくろ首になっていますよ」

冗談で返した後藤の声が明るい。

詰所に入ってきた稲毛屋が、喜六の顔を見るなり話しかけた。

「いやあ、強いのなんのって、喜六さん、織田さんも戸張さんもめちゃくちゃ強い。再起衆がいるかぎり、内藤新宿は安泰だ。いい人たちを見つけた。さすが内藤新宿に三人いる名主の筆頭、草分名主の喜六さんだ。目が高い」

弾んだ口調で言い、喜六の前に座った。

つづいて足を踏み入れた長二郎が、一同に声をかけた。

「車座になろう」

喜六の左隣に、長二郎が座った。

右隣に稲毛屋、長二郎の左手から順に戸張、大塚、中川、後藤、松村が座った。

まず稲毛屋が、太宗寺の本堂の裏手に浪人たちを誘い込み、瞬く間に浪人六人を斬り捨てた長二郎と戸張の武勇伝を、講釈師さながらに語りつづけた。

照れくさそうに目を伏せている長二郎とは対照的に、戸張は満面に笑みを浮かべて、まんざらでもない様子で聞き入っている。

その様子をちらり、ちらりと窺いながら話していた稲毛屋は、

（戦い方と同じだ。織田さんの静、戸張さんの動。ふたりの持って生まれた気質があらゆることにかかわり、形となって表れている。おもしろい。実におもしろい）

そう胸中でつぶやいていた。

次に口を開いたのは長二郎だった。

「もどってきたとき、問屋場のまわりをあらためたが、引き揚げたのか太七たちの姿はなかった。しかし、このまま引き下がるとはとても思えない。太七は必ず次の手を打ってくる。おのれの身を守るためにも、ここにいる木賊屋や男たちを取り返すべくやってくる」

戸張が口をはさんだ。

「取り返すことがむずかしいと判断したら、太七は木賊屋たちの息の根を止めにくるに違いない。金の力で、腕利きの浪人たちを多数集めて問屋場に殴り込みをかけてくるだろう。まさしく、死人に口なし。秘密を守るには、最も手っ取り早い策だ」

縛られている木賊屋を振り返って、戸張がことばを重ねた。

「木賊屋、そう思わぬか」

恨《うら》めしげに戸張を睨めつけて、木賊屋がうつむいた。

再び長二郎が声を上げた。

「このままではすむまい。太七たちが新手を集める前に、こっちから殴り込むのだ。以前、戸張が言っていたことを実行に移そう。今夜、勝負をかける。太七の賭場に乗り込もう」

稲毛屋が声を上げた。

「その前に、やるべきことがある」

「やるべきこと？」

鸚鵡《おうむ》返しをした長二郎に稲毛屋がこたえた。

「木賊屋や四人の男たちに『太七から命じられて内藤新宿問屋場の名を騙り、内藤新宿へ出入りするための口銭《こうせん》、入り銭出銭を取り立てていました』あるいは『取り立てたびた銭を受け取っていた』旨を記した証文をつくり、名を書かせよう。証文をつくっておけば、後々の証になる」

喜六が割って入った。

「それはいい。さっそく証文づくりにかかろう。稲毛屋さん、私とふたりで手分けして、後は名を書き入れるだけというところまで書き記した証文を五通、書き上げよう」

「そうしますか。商いにかかわる証文を書き上げるのは、織田さんたちにはむずかしい。始めましょう」

立ち上がった稲毛屋が、壁際に置いてある文机へ向かった。

喜六と稲毛屋が書き上げた五枚の証文に、四人の男たちは、長二郎に言われるがままに名を書いた。

読み書きできないふたりには、手形を押させた。

が、木賊屋は、なかなか証文に名を書こうとはしなかった。

「この証文に署名したら、罪を認めることになる。おれがこの男たちから金を受け取るところを見た者はいない」

と言って、ごねつづけた。

あまりの頑強さに、喜六や稲毛屋もあきれ果てている。

長二郎、戸張ら再起衆の面々は木賊屋を取り囲んで、鋭い眼差しで見つめている。

小半時（三十分）ほど、腕を組み口をへの字に結んで黙り込んでいた木賊屋に、長二郎が告げた。

「わかった。名は、書かなくともよい。ただし」

「ただし、どうするつもりだね」

「罪状を記した書状を添え、内藤新宿問屋場として道中奉行に引き渡す。認許されていない内藤新宿への入り銭、出銭を、問屋場の名を騙って取り立てていたのだ。厳しいお裁きが下るだろう」

「おれは取り立てた入り銭、出銭を受け取っていない。受け取っているところを見たのか」

鼻先で笑って、長二郎が告げた。

「わかった。もういい。ほかの男たちは逆らうことなく調べに応じてくれた。入り銭、出銭の探索が終わったあかつきには、罪一等を減じてもらうよう公儀に願書を出してやるつもりだ。木賊屋、おまえは違う。おまえは入り銭、出銭取り立ての首謀者だ。再起衆は役人ではない。取り調べも厳しくない。道中奉行配下の取り調べは過酷だと聞く。せいぜい耐え抜くんだな」

いきなり文机《ふづくえ》の上に置いてある証文を手にとった長二郎が、二つ折りして懐に入れた。

あわてたのは木賊屋だった。

「待ってくれ。ほんとうに罪一等を減じてくれるんだな。書く。名を書くから証文を出してくれ」

じっと見つめて、長二郎が告げた。

「一晩考えさせてくれ。言っておくが、おれはおまえが嫌いだ。駆け引きが多すぎる。さっきから、この場で斬り捨ててやりたいと何度思ったことか。やめたのは、おれのこの手を、おまえのような奴の血で汚したくないからだ」

「そ、そんな。好き嫌いで扱いが違ってくるのか。ひどい話だ」

わめいた木賊屋を歯牙《しが》にもかけず、長二郎は戸張たち再起衆に視線を流した。

不敵な笑みを浮かべて、長二郎がつづけた。

「夜五つに、再起衆みんなで太七の賭場に乗り込もう。相手を挑発して怒らせ、喧嘩になるように仕向ける。つまるところ賭場あらしをやるわけだ」

にやり、として戸張が応じた。

「おもしろそうだな」

大塚たちを振り向いて、戸張がつづけた。

「みんなも、そう思うだろう」

笑みをたたえて、大塚たちがうなずく。

口をはさんで、稲毛屋が訊いた。

「賭場に行くからには賭ける金がいるだろう。元手はどうする」

「賭けるのは木賊屋の躰と命です。金はいりません」

「それはいい。太七たちも大歓迎だろう」

応じた喜六と稲毛屋が顔を見合わせ、うなずき合った。

長二郎が横目で木賊屋の様子を窺う。

憎悪の目をぎらつかせた木賊屋が、長二郎たちを睨みつけている。

四

その夜、抗う木賊屋を後ろ手に縛り上げた長二郎は、縄の一端を大塚に持たせて太七の賭場へ向かった。

賭場の前で見張っているふたりのうちの兄貴格らしい手下が、木賊屋を引き立てて歩み寄ってきた長二郎たちの前に立ち塞《ふさ》がり、声をかけてきた。

「何しにきた。ここから一歩も通さねえぞ」

「遊びにきた。賭けるのはこの木賊屋の躰だ」

こたえた長二郎に、兄貴格が吠えた。

「ふざけるな。帰りやがれ」

つかみかかろうとしたとき、長二郎の隣にいた戸張が動いた。

兄貴格に当て身をくれる。

低く呻いて、倒れそうになった兄貴格を、戸張が片手で抱えた。

残る手下が怯えて、立ちすくむ。

長二郎が告げた。

「なかへ案内してもらおうか」

「わ、わかりやした。こちらへどうぞ」

怯えた手下が後退った。

盆茣蓙《ぼんござ》を囲むように十数人の客が座っている。

賭場の奥、金箱を前に太七が座り、その前に田口ら用心棒とおぼしき浪人十人余と手下十人ほどが居並んでいた。

壺振りが、

「丁半、あい駒そろいました。勝負」

声をかけ、壺に賽子《さいころ》ふたつを投げ入れるや、高々と掲げて振り下ろす。

壺が盆茣蓙に置かれた。

上げられた壺のなかの賽の目に、客たちの目が注がれた瞬間、どさっ、と重いものが投げ落とされる音が響いた。

客たちはもちろんのこと、太七たちも一斉に音のした入り口のほうに目を向ける。

入り口近くの畳の上に、見張りの兄貴格が横たわっていた。

その向こうに、もうひとりの見張りの腕をひねり上げた長二郎と縛られた木賊屋、その縄尻をとった大塚、戸張、中川、松村、後藤が立っている。

長脇差を手に立ち上がった太七が、怒りに目を剝《む》き吠えたてた。

「内藤新宿問屋場の奴らか。何しにきた」

一歩前に出て、長二郎が応じた。

「遊びにきた。おれたちが賭けるものは木賊屋だ。木賊屋と引き換えに内藤新宿問屋場の名を騙って取り立てていた入り銭、出銭の、いままで取り立てた分を全額よこせ」

「そんな金はない。木賊屋をここに残して、さっさと消え失せろ。目障《めざわ》りだ」

見据えたまま、長二郎がこたえた。

「そうはいかない。宿場への入り銭、出銭を取り立てるための願書は、御上に届け出てある。が、まだ認許されていない。いま入り銭、出銭を取り立てるのは、御法度に背く行為だ。片棒を担いだ木賊屋は捕らえた。残る仕事は、首謀者の太七、おまえを捕らえて道中奉行へ引き渡すことだ。さらに取り立てた入り銭、出銭の全額を受け取り、まずは御上に差し出さねばならない」

「勝手に御託《ごたく》を並べていろ。おれにはかかわりねえ話だ。木賊屋を渡せ」

凄んで睨めつけた太七が、声高につづけた。

「てめえら、生きて帰れると思うな。田口さん、先生たち、奴らの息の根を止めてくだせえ」

田口が応じる。

「まかせとけ。新手のみんな、腕の見せ所だ」

大刀を引き抜く。

　太七、浪人や手下たちが一斉に大刀や長脇差を抜き連れる。

「仕方がない。身に降りかかる火の粉だ。手加減はせぬ」

　大刀を抜き放った長二郎に、戸張らも大刀を鞘走らせた。

　その瞬間、大刀を抜くことに気をとられた大塚の、縄尻をとった手がゆるんだ虚をついて、躰を左右に振った木賊屋が引っ張って縄尻を抜き、太七たちのいるほうへ走った。

　前方に立つ長二郎の脇をすり抜ける。

　不思議なことに、長二郎は止めようとしなかった。

「店頭、助けてくれ」

　わめきながら太七に駆け寄る。

「口をきけねえようにしてやる。死ね」

　上段に刀を振り上げ、木賊屋の脳天に振り下ろした。

　まさに脳天唐竹割《のうてんからたけわ》り。

　断末魔の絶叫を発し、頭頂を断ち割られた木賊屋がその場に崩れ落ちる。

　見据えて長二郎が声をかけた。

「仲間割れか。生かしておいても世に害毒を垂れ流すだけの、見下げ果てた奴。賭場あらしが成敗してやる」

目を剝いて、太七がわめく。

「賭場あらしだと。何を言ってやがる。てめえらは内藤新宿問屋場の連中だろうが」

穏やかな口調で長二郎がこたえた。

「違う。この場にいるのは、角筈村の店頭太七が開帳する賭場の上がりを奪いにきた賭場あらしだ。その証に、賭場の稼ぎが入っている金箱をいただいていく」

わきから戸張が声を上げた。

「新手の浪人たちに斬り合う前に言っておく。昼間、太七の用心棒たちに襲われ、六人斬り殺した。おれたちは強い。死にたくない者は去れ。雇い主の太七は賭場あらしに斬られて死ぬ。金はもらえないぞ」

つづけて盆茣蓙の向こうに立ちすくむ客たちに向かって、長二郎が呼ばわる。

「これから斬り合う。遊びにきた者は逃げろ。手出しはせぬ」

その声に、客たちが壁づたいに逃げて行く。

新手の浪人たちも、たがいに視線をからませ合った。

焦って、田口が怒鳴る。

「何をしている。かかれ」

大刀を振りかざし、田口が斬りかかる。

半歩横に動いた長二郎が、袈裟懸けに大刀を振り下ろす。

呻いた田口が首の根元から血を噴き上げながら、舞っているかのような、なめらかな所作で倒れ込んだ。

新手の浪人たちが一斉に後退る。

立ちすくんだ手下たちに向かって、戸張たちが斬りかかった。

長脇差を振り回し、死に物狂いで手下たちは立ち向かう。

「引くな。斬れ。やっちまえ」

手下に発破を掛ける太七の眼前に、左横から大刀が突き出された。

「な、何だ」

見やった太七が、驚愕して目を剝く。

すぐそばに長二郎が立っていた。

「気配を消して近づいた。手下ともども三途《さんず》の川を渡るんだな」

悲鳴を上げて逃れようとした太七の喉を、横に振った長二郎の大刀が斬り裂いた。

血をあふれさせた太七がずり落ちるように膝をつき、皮一枚でつながった首の重みに引きずられ前のめりに頽れる。

太七の骸をじっと見つめた長二郎が、悲しげに顔を歪《ゆが》めた。

それも一瞬のこと……。

振り向いた長二郎の目に、手下たちを斬り伏せる戸張たちの姿が飛び込んできた。

「抗わない者は見逃してやれ。おれたちは賭場あらしだ。金箱をもらって立ち去る。無益な殺生《せっしょう》はしない」

すでに逃げ腰の手下たちは長脇差を捨てて、その場にへたり込む。

「失せろ」

座り込んだ手下を、戸張が蹴っ飛ばす。

跳ね起きた手下が、脱兎《だっと》のごとく逃げ走った。

残っていた数人の手下たちも、先を争ってつづいた。

血刀を下げた長二郎、戸張ら再起衆の面々が身じろぎもせず、逃げ去る浪人や手下たちを見つめている。

五

翌日昼四つ（午前十時）、喜六、長二郎と稲毛屋は大手門横にある下勘定所の、道中方目安の間にいる。

勘定所は、御殿方と勝手方が詰める御殿勘定所と、帳面方、道中方、新田方、伺方などの諸掛かりが詰める下勘定所とに分かれていた。

勘定所を差配するのは勘定奉行であった。

勘定奉行は老中支配のもと財政、経済だけでなく交通、運輸も管轄し道中奉行も兼務していた。ほかにも貿易、新田にかかわる一切、治水など多くの任務を担当していた。

上座にある勘定組頭の江坂孫三郎と向かい合って、喜六たちは座っている。江坂の前に、入り銭、出銭を取り立てていた男四人の名を記した証文が置かれていた。そのなかの一枚を手にとって目を通していた江坂が、喜六に訊いた。

「これらの証文で、四人の男が内藤新宿に出入りする旅人たちから、入り銭、出銭を取り立てていたことはわかる。しかし、男たちだけの知恵で取り立てたとは、とても思えぬ。背後で糸を引いていた者がいるはずだ。其奴《そやつ》の見当はついているのか」

喜六が応じた。

「そのこと、探索にあたった再起衆頭の織田さんから話していただきます」

「よかろう」

目を向けて、江坂がことばを重ねた。

「織田、聞こう」

「男たちを動かしていたのは内藤新宿の中馬、木賊屋です。男たちを木賊屋へ送り込んだのは伝馬町の口入れ屋信州屋。信州屋は角筈村の名主渡辺与兵衛、店頭太七と十二所権現近くの茶屋夕月亭で会っています。私と戸張が夕月亭から三人そろって出てきたところを見ています」

「それが手がかりになったのだな」

「そうです」

念を押すように、江坂が訊いた。

「男たちはすべてを白状したのか」

「しました。男たちは内藤新宿の中馬、木賊屋に住み込んで入り銭、出銭の取り立てに出かけていました。取り立てたびた銭を布袋に入れ、太七が開帳していた賭場に連夜運び込んでいたそうです。私と戸張がつけていって、木賊屋と布袋八袋を抱えた男たちが、運び込むのを見届けています」

「さっき四人の男たちを捕らえて、問屋場に閉じ込めてあると言っていたが、木賊屋はどうした」

「木賊屋は太七に殺されました」

応じた長二郎に江坂が問いを重ねた。

「仲間割れでもしたのか」

「木賊屋はしたたかでずるい男でした。私が一計を案じて、仲間割れするように仕向けました」

「仕向けた？　どういうことだ」

詰問する口調になった江坂に、長二郎は太七が木賊屋を殺すに至った経緯を話して聞かせた。

渋面をつくって、江坂が告げた。

「やり過ぎたのではないか」

「やり過ぎたとは思いません。後顧《こうこ》の憂《うれ》いをなくすために、私が太七を斬り捨てました」

「斬り捨てた？　生かしておくべきだったのでは」

咎めるような江坂の物言いだった。

「それは、しかし」

こたえに窮した長二郎に代わって、稲毛屋が声を上げた。

「そのことについては、私がこたえましょう」

「平秩さんが。わかった。聞きましょう」

穏やかな口調にもどって、江坂が応じた。

稲毛屋は狂歌師平秩東作として、江坂の勘定所の上役たちと親しく付き合っている。そのことは、江坂も知っていた。

「織田さんと戸張さんは、太七の差し向けた刺客、浪人十人と斬り合い、六人を斬り倒しました。私もともに行動し、この目で織田さんたちが浪人たちと斬り合うのを見ています」

「それはまことか」

「ほんとうです。ことの起こりは」

稲毛屋は、戸張たちが入り銭、出銭を取り立てていた四人の男を捕らえ、木賊屋へ連れてきたこと、木賊屋に疑念を抱いていた長二郎と稲毛屋はすでに店に乗り込んでいて戸張たちと合流したこと、木賊屋も捕らえ信州屋へ向かおうとしたら、太七が、用心棒や手下たちとともに木賊屋へ出向いてきて取り囲んでいたこと、信州屋へ行くのをあきらめ、木賊屋や男たちを引き立てて問屋場へ向かったこと、太七たちが内藤新宿の問屋場の表と裏に張り込んで見張り始めたことなどを話しつづけた。

聞き終えた江坂が長二郎に問うた。

「太七が仕掛けてきたことに、織田が対応しただけのことだ、と理解できた。太七を斬り捨てたことも咎めはしない。木賊屋と太七の骸は、そのまま賭場に残してきたのか」

長二郎がこたえた。

「太七を斬り殺したのは賭場あらしのひとり、ということになっています。御法度を犯して丁半博奕に興じていた客たち、賭場の開帳にかかわっていた手下たちが、賭場で起きたことを吹聴してまわるとは考えられません」

「そうだろうな。男たち四人は、いまのまま問屋場か、しかるべきところに留め置いて宿場開きが終わるまで外へ出さぬことだ。わしも口外せぬ。残るは信州屋の始末か」

一膝すすめて喜六が言った。

「実は、信州屋をどうしたらいいか、相談に乗ってもらいたいと思って参ったのです。宿場再開の日は間近に迫っております。表だって信州屋に乗り込むわけにはいきません。信州屋の動きを止めるにはどうしたらいいか、江坂さんによい知恵を授けていただきたいのですが」

「そうよな」

首を傾げて、江坂が黙り込む。

ややあって、喜六から長二郎、稲毛屋へと視線を流して江坂が告げた。

「信州屋のこと、わしにまかせてくれ。この証文にものを言わせる」

再び証文の一枚を手にとった。

「よろしくお願いします」

深々と喜六が頭を下げる。

長二郎と稲毛屋が喜六にならった。

六

勘定所へ出向いた日から四日目、問屋場の一間で問屋役の嘉吉に年寄五兵衛、忠右衛門と喜六、稲毛屋や長二郎が話し合っていた。

問屋場の再起衆詰所には戸張たちが詰め、入り銭、出銭を取り立てていた四人の男を見張っている。

嘉吉と忠右衛門が、

「問屋場にいつまでも男たちを置いておくわけにはいかない。どこかへ移してくれ。自身番に留め置いたらどうだ」

と嘉吉が喜六に申し入れてきたのが、合議を開くきっかけになった。

喜六は、

「先日、勘定方組頭の江坂さんを訪ね、男たちのことや角筈村の店頭太七と木賊屋がらみの揉め事をどう収拾したらいいか相談してきた。江坂さんは、宿場開きが終わるまで男たちを外へ出してはならぬ、と仰有《おつしや》っていた。問屋場の再起衆詰所に閉じ込めておくのが一番いい」

と主張して譲らない。

「どこかへ移してくれ」

と言いつづけて、嘉吉も一歩も引かなかった。

その話の決着もつかないまま、店頭太七と木賊屋が、太七の賭場で賭場あらしに襲われ、殺されたことに話題が移った。

目を尖《とが》らせて、嘉吉が声高に訊いた。

「男たちは、木賊屋に住み込んで入り銭、出銭を取り立てていた。取り立てた銭を太七のところへ運んでいたとも白状している。太七と木賊屋は賭場で斬り殺されていた。再起衆頭の織田さんに訊きたいんだが、捕らえて問屋場の再起衆詰所に閉じ込めていた木賊屋を、夜、再起衆たちが連れ出したのを見た者がいるんだ。木賊屋は賭場で死んでいた。再起衆は木賊屋に逃げられた、ということになりはしないか」

意地悪そうな目つきで長二郎を見て、忠右衛門が言った。

「逃げられたんじゃなければ、木賊屋は再起衆に賭場へ連れて行かれた、という見立てもできる。織田さんたちが賭場で一暴れして太七や木賊屋を殺し、賭場あらしの仕業にみせかけた。そういう噂もあるんだ。もし、そうだとしたら再起衆は人殺しの集まりだということになりはしないか」

　突然、稲毛屋が声を荒らげた。

「何を言ってるんだ。自分たちは何もやらずに人を疑ってばかりいる。再起衆は内藤新宿の安穏を守るのが仕事だ。時においては、修羅場《しゅらば》に向かわねばならぬときもあるだろう。そんな再起衆を人殺し呼ばわりするのかい」

　腹のそこに溜まっていたものを一気に吐き出すかのように、稲毛屋が吠えつづけた。

「嘉吉さんや忠右衛門さんは、おれが入り銭、出銭を取り立てている、と疑っていたんだろう。冗談じゃないぜ。手前味噌になるが、おれがどれほど内藤新宿の再開のために動き回ったか、知っているだろう。街道修復の元手をつくるために金を借りまくった。あんたらは一銭の金も出さずに能書きを垂れているだけだ」

　割って入って、喜六が止めた。

「稲毛屋。そこまでにしな。まだ大事な話が残っているんだ」

　聞きとがめて、嘉吉がねじ込む。

「どんなことだね。また面倒な話かい」

「その通りだ。角筈村の名主渡辺与兵衛も、今度の入り銭、出銭を取り立てていた一味のひとりだ、と木賊屋が白状している。その場にいた男たちも聞いている。証はないが、後々のために与兵衛も処分すべきだ」

言い切った喜六に、長二郎も言い立てる。

「私は信州屋と太七、与兵衛が十二社の茶屋夕月亭から出てきたところを見ている。処分すべきだと思う」

「角筈村の名主を処分するなんてとんでもない。ことが表沙汰になれば、内藤新宿にも傷がつく。与兵衛に手を出すなんて、とんでもない。やめるべきだ」

それから半時（一時間）あまり、

「処分すべきだ」

と言い張る稲毛屋や長二郎と、

「処分などとんでもない」

と言う嘉吉、忠右衛門たちとで激論が交わされ、両者一歩も譲らなかった。

口をはさむことなく聞き入っていた喜六が、声を上げた。

「宿場再開の日は近い。いまは、これ以上騒ぎ立てないほうがいい。与兵衛については、しばらく様子をみることにしよう。昨日、江坂さんから封書が届いた。信州屋へ下されていた口入れ屋の認許を取り消す手続きに入ったそうだ」

「それはよかった」

「これで信州屋の動きが止まる」

稲毛屋と長二郎が相次いで声を上げる。

喜六がつづけた。

「こうも書いてあった。入り銭、出銭を取り立てられていたことに気づかず放置していたことを咎められたら、宿場の再開も危うくなる。いまは与兵衛を処分しないで様子をみるべきだ、とね」

（どうしたものか）

胸中でつぶやいた長二郎が、稲毛屋に視線を走らせる。

（喜六さんの言うとおりだ）

といわんばかりに、稲毛屋がうなずく。

釈然としない思いにとらわれて、長二郎は黙り込んだ。

突然、喜六が言い放った。

「嘉吉さんに訊きたい。何でそんなに与兵衛のことをかばうのだ。かばわなければならないわけでもあるのか」

あまりの剣幕に、嘉吉が驚いた表情を浮かべた。

それも一瞬のこと……。

かすかにせせら笑って、嘉吉が応じた。

「また喜六さんの、独り合点の思い込みが始まった。もっとも、思い込みが激しいのは高松家の血筋だからな。そのおかげで、ご先祖さまは大損させられた。五代つづいて迷惑をかけられちゃたまらない。みょうな勘ぐりはやめてほしいね」

嫌みな目つきで喜六を睨めつけて、つづけた。

「それとも私が、与兵衛をかばわなければいけないような動きをしている証をつかんでいるとでもいうのかい。そこにいる、喜六さんご自慢の再起衆の頭、織田さんが、そんな話をしているのかい」

睨み返して、喜六が告げた。

「織田さんはかかわりない。以前、南町奉行だった大岡さまが、内藤新宿再開のために動いてくださったとき、嘉吉さんの祖父《じい》さまの猛反対で、内藤新宿はひとつにまとまらなかった。そのときのことを、私は忘れてはいない」

「あのときは、あまりに唐突な話だったので、にわかには信じられなかった。考える時間が足りなかった、と祖父さまから聞いている。つまらないことを、いつまでも憶えているお人だ。迷惑だよ」

「唐突な話ではない。三代平六さまは『武蔵野新田を開発されている大岡さまが、甲州街道と成木道のあまりの荒れように困り果てていらっしゃる』と名主仲間から聞きつけた。伝手をたどって大岡さまと会うことができた平六さまは、内藤新宿を宿場として再開できたら、直ちに両道修復にとりかかると申し入れられた。その申し入れを受け入れられた大岡さまは、すぐに動いてくださった」

「そんな話、祖父さまからは一言も聞いていないよ」

薄ら笑いを浮かべた嘉吉を、じっとみつめて、喜六がつづけた。

「そんなはずはない。平六さまは、浅草から行をともにしてくれた方々には、大岡さまと話し合ってきたことを細かく知らせていたと仰有っていた」

「聞いていないことは、聞いていないとしかいいようがない。それに、今更語るに値しない、昔の話だ。目の前のことを片づけていくたけでも大変なのに、昔話なんか、どうでもいいよ」

「嘉吉さん」

見据えた喜六が、膝に置いていた手を強く握りしめた。

不意に、喜六と嘉吉の間に割って入るように、含み笑った者がいた。

稲毛屋だった。

一同が、目を向ける。

癖になっている皮肉な薄ら笑いを浮かべて、稲毛屋が言った。

「問屋役さん、迷惑なら役職を返上されたらいかがですか」

「何だと」

目を尖らせた嘉吉に、稲毛屋が告げた。

「内藤新宿の再開にこぎつけられたのは、喜六さんの熱意あってのことだ。私もその熱意に動かされたひとりだ」

「そんな話、聞いても仕方がない」

吐き捨てた嘉吉に、口調を変えて稲毛屋が声を荒らげた。

「わかってないな」

「何だと」

訊き返した嘉吉を稲毛屋が見据えた。

「喜六さんは草分名主だ。土地代々の名主たちを問屋役や問屋場の重職に推挙してもいいのに、それをしなかった。なぜだかわかるか。わからないだろうから教えてやる。初代喜六さまが浅草から連れてきた、宿場新設の際にともに動いてくれたお仲間の子孫たちと、仕切り直しの勝負をしようと考えたからだ」

鼻先で笑って、ことばを継いだ。

「そこんところを、ようく考えてみるんだな」

嘉吉が無言で稲毛屋を睨みつけ、視線を忠右衛門たちに移した。

忠右衛門たちと不満げに顔を見合わす。

我関せずと、五兵衛はうつむいている。

その場に、気まずい沈黙が流れた。

それぞれが、目を合わさぬようにして黙り込んでいる。

七

ついにその日がきた。

時は明和九年（一七七二）四月十四日、内藤新宿は五十数年ぶりに宿場として復活した。

甲州街道では、かつて木賊屋の手先として入り銭、出銭を取り立てていた男ふたりが改心し、内藤新宿問屋場の働き手として、口銭と呼ばれることになった通行賃を徴収している。

「作業に慣れている男たちだ。働いてもらおう」

と喜六が言い出し、実現したことであった。

公儀より内藤新宿へ、入り銭、出銭取り立ての認許は下されていた。

相変わらず荷を積んだ馬と、手綱を握る人足たちが連なっている。

道ばたに立って戸張と松村が、手際よく仕事をすすめるふたりを見つめている。


成木道でも同様の光景が見られた。

捕らえられていたふたりが、内藤新宿を行き来するための口銭を、内藤新宿問屋場の手先として取り立てている。

道脇に大塚と中川が立っていた。

口銭を徴収する男たちの動きに、目を注いでいる。

ふたりの顔が明るい。


問屋場の前に、人馬を利用するための手続きをとる、旅人たちがならんでいた。そのそばで、馬の背から荷を下ろし大八車に積み替える人足や馬士たちが忙しく立ち働いている。問屋場近くは荷の引き渡しをする買い主と運んできた人足たちで、足の踏み場もないほど混雑していた。

その傍らで、義松の手を引いた喜六が人馬の群れを見つめている。隣にお咲も立っていた。三人とも満面に笑みを浮かべている。

喜六が義松に話しかける。

復活した内藤新宿の未来の繁栄をおまえに託す、とでも言っているのかもしれない。

喜六を見上げて、義松が大きくうなずいた。

やっている馬宿の前に稲毛屋はいた。

つらなる人馬を見向きもせず、杭につないだ馬の体を手拭いで拭いている。

手を止めた稲毛屋は、額に浮いた汗を手の甲で拭った。

かがんで、傍らに置いてある水を張った桶で、手拭いをすすぐ。

絞って水気を切った手拭いで、再び馬体を拭き始めた。

見崎屋脇の通り抜けの出入り口に長二郎、反対側の旅籠屋との境に後藤が立っている。

左右の旅籠屋の前では、足洗い女たちが客引きをしていた。

気をつけているのか、店の前以外では客を引いていない。

「何事も最初が肝心。揉め事が起こらないように、今日からしばらくの間、見崎屋の両脇で立ち番します」

と喜六に申し入れ、やっていることであった。

「長二郎」

背後から呼ぶ声が聞こえた。

振り向くと、数歩ほど後ろに信太郎がいた。

風呂敷包みを抱えている。

「兄上」

笑みをたたえて長二郎が声をかける。

風呂敷包みを掲げて、信太郎が応じた。

「着替えだ。母上が心配している。届けに行ってくれ、と頼まれた。仕事はうまく運んでいるようだな」

「問題は山積みですが、やりがいのある仕事です」

微笑んだ長二郎は、申し訳なさそうにことばを継いだ。

「見崎屋にお弓という娘がいます。着替えを預けてください。私は隣の旅籠屋興津屋の足洗い女たちが見崎屋の前に出てこないように見張っていなければいけない」

「大変だな。お弓さんに預けてくる」

信太郎が見崎屋へ向かった。

やってきた旅人に足洗い女たちが、

「泊まっていって。いいことあるよ」

と声をかけ、袖を引く。

後藤が立ち番している恵比寿屋のほうでも、似たような光景が繰り広げられていた。

足洗い女たちが客引きしている足元には、大量の馬糞が落ちている。

（あちこちに馬糞が転がっている。器用なものだ。足洗い女たちはうまく馬糞をよけながら、呼び込みをしている。慣れというやつだな）

そう思った長二郎は、足洗い女たちから目をそらし、空を見上げた。

晴れ渡った空に白い雲がたなびいている。

ふと、穏やかな気持になった長二郎の耳に、足洗い女たちの嬌声が飛び込んできた。

一瞬の安らぎだった。

長二郎は足洗い女たちが淫らな行為に走らないように、鋭い目で見据えた。

【参考文献】

新宿区立新宿歴史博物館編『内藤新宿―歴史と文化の新視点―』新宿区教育委員会刊
新宿区立新宿歴史博物館編『内藤新宿の町並とその歴史』財団法人新宿区生涯学習財団刊
安宅峯子『江戸の宿場町新宿』同成社刊
児玉幸多編『日本史小百科　宿場』東京堂出版刊
犬塚稔『文政　江戸町細見』雄山閣刊
街と暮らし社編『江戸四宿を歩く　品川宿・千住宿・板橋宿・内藤新宿』街と暮らし社刊
石井良助編『江戸町方の制度』新人物往来社刊
新宿教育委員会編『地図で見る新宿区の移り変わり　四谷編』東京都新宿区教育委員会刊
宇佐美ミサ子『宿場と飯盛女』同成社刊
宇佐美ミサ子『宿場の日本史』吉川弘文館刊
岸井良衛『江戸・町づくし稿　中巻』青蛙房刊
岸井良衛『江戸・町づくし稿　別巻』青蛙房刊
鈴木棠三・朝倉治彦校註『江戸名所図会　中巻』角川書店刊
笹間良彦著『復元　江戸生活図鑑』柏書房刊

三田村鳶魚　稲垣史生編『江戸生活事典』青蛙房刊
岸井良衛『新修　五街道細見』青蛙房刊
東京都公文書館編集「都史紀要二十九　内藤新宿」東京都情報連絡室情報公開部都民情報課刊
大石学監修　東京学芸大学近世史研究会編『内藤新宿と江戸～首都江戸と周辺の結節点の視点から～』名著出版刊

著者注・この作品はフィクションであり、登場する人物および団体名は、実在するものといっさい関係ありません。

一〇〇字書評

お江戸新宿復活控

切・り・取・り・線

購買動機（新聞、雑誌名を記入するか、あるいは○をつけてください）	
□（　　　　　　　　　　　　）の広告を見て	
□（　　　　　　　　　　　　）の書評を見て	
□ 知人のすすめで	□ タイトルに惹かれて
□ カバーが良かったから	□ 内容が面白そうだから
□ 好きな作家だから	□ 好きな分野の本だから

・最近、最も感銘を受けた作品名をお書き下さい

・あなたのお好きな作家名をお書き下さい

・その他、ご要望がありましたらお書き下さい

住所	〒				
氏名		職業		年齢	
Eメール	※携帯には配信できません		新刊情報等のメール配信を 希望する・しない		

この本の感想を、編集部までお寄せいただけたらありがたく存じます。今後の企画の参考にさせていただきます。Eメールでも結構です。

いただいた「一〇〇字書評」は、新聞・雑誌等に紹介させていただくことがあります。その場合はお礼として特製図書カードを差し上げます。

前ページの原稿用紙に書評をお書きの上、切り取り、左記までお送り下さい。宛先の住所は不要です。

なお、ご記入いただいたお名前、ご住所等は、書評紹介の事前了解、謝礼のお届けのためだけに利用し、そのほかの目的のために利用することはありません。

〒一〇一－八七〇一
祥伝社文庫編集長　清水寿明
電話　〇三（三二六五）二〇八〇

祥伝社ホームページの「ブックレビュー」からも、書き込めます。

www.shodensha.co.jp/bookreview

祥伝社文庫

お江戸《えど》新宿《しんじゆく》復活《ふつかつ》控《ひかえ》

令和 4 年 3 月 20 日　初版第 1 刷発行

著　者　吉田《よしだ》雄亮《ゆうすけ》

発行者　辻　浩明

発行所　祥伝社《しようでんしや》

東京都千代田区神田神保町 3-3

〒101-8701

電話　03（3265）2081（販売部）

電話　03（3265）2080（編集部）

電話　03（3265）3622（業務部）

www.shodensha.co.jp

印刷所　堀内印刷

製本所　ナショナル製本

カバーフォーマットデザイン　中原達治

Printed in Japan ©2022, Yūsuke Yoshida　ISBN978-4-396-34798-7 C0193

祥伝社文庫の好評既刊

吉田雄亮

紅燈川《こうとうがわ》 深川鞘番所③

やくざの勢力均衡が崩れ、深川の掟を破る凶賊出現！　蛇の道は蛇。錬蔵のとった手は……。〝霞十文字〟唸る！

吉田雄亮

化粧堀《けわいぼり》 深川鞘番所④

悪の巣窟・深川を震撼させる旗本一党の悪逆非道を断て!!　深川を守るべく、錬蔵が奇策を放つ！

吉田雄亮

浮寝岸《うきねぎし》 深川鞘番所⑤

御禁制の抜け荷から発覚した鞘番所を揺るがす謀略とは!?　鞘番所壊滅を図る一味との壮絶な闘いが始まった。

吉田雄亮

逢初橋《あいぞめばし》 深川鞘番所⑥

深川の町中で御家騒動が勃発。周囲の庶民に飛び火せぬために、大滝錬蔵は切腹覚悟で騒動に臨む。

吉田雄亮

縁切柳《えんきりやなぎ》 深川鞘番所⑦

縁切柳の下で男女の死体が発見された――深川を震撼させる事件が次々に発生。錬蔵が放つ大胆不敵な策とは!?

吉田雄亮

涙絵馬 深川鞘番所⑧

無頼浪人たちの標的は、深川一帯の絵馬堂に！　錬蔵は、絵馬に込められた意味を探る……。

〈祥伝社文庫　今月の新刊〉

西村京太郎
高山本線の昼と夜
特急「ワイドビューひだ」と画家殺人、大作消失の謎！　十津川、美術界の闇を追う！

馳月基矢
萌《もゆる》　蛇杖《じゃじょう》院《いん》かけだし診療録
因習や迷信に振り回され、命がけとなるお産に寄り添う産科医・船津初菜の思いとは？

吉田雄亮
お江戸新宿復活控
一癖も二癖もある男たちが手を結び、問題だらけの内藤新宿を再び甦らせる！

岩室　忍
擾乱《じょうらん》、鎌倉の風（上）　黄昏《たそがれ》の源氏
北条らの手を借り平氏を倒した源頼朝は、鎌倉を拠点に武家政権を樹立、朝廷と対峙する。

岩室　忍
擾乱《じょうらん》、鎌倉の風（下）　反逆の北条
頼朝の死後、北条政子、義時は坂東武者を次々に潰して政権を掌中にし源氏を滅亡させる。

今月下旬刊　予定

今村翔吾
恋大蛇《こいおろち》　羽州《うしゅう》ぼろ鳶《とび》組　幕間
松永源吾とともに火事と戦う、あの火消たちの気になる〝その後〟を描く、初の短編集。